Os Desertores

Título original:
Os Desertores

Autor:
Augusto Abelaira

Revisão:
Ariadne Nunes

Paginação:
João Jegundo

Capa:
Susana Villar

Foto da badana de capa:
© Marcos Borga / Lusa

Biblioteca Nacional de Portugal – Catalogação na Publicação

ABELAIRA, Augusto, 1926-2003

Os desertores. – 1ª ed. - (Obras completas de Augusto Abelaira)
ISBN 978-989-9124-68-4

CDU 821.134.3-31"19/20"

Depósito Legal n.º ??????

Impressão e acabamento:
??????
para
Minotauro
fevereiro de 2023

MINOTAURO, uma chancela de Edições Almedina, S.A.
Avenida Emídio Navarro, 81, 3D
3000-151 Coimbra – Portugal

AUGUSTO ABELAIRA

Os Desertores

OBRAS COMPLETAS

A meus pais

PREFÁCIO PARA TODAS AS IMPROVÁVEIS EDIÇÕES FUTURAS ESCRITO A PROPÓSITO DA SEGUNDA EDIÇÃO

Até ao momento em que mandam para a tipografia as últimas provas, quantas vezes lêem os romancistas os seus romances? Um número sem conta, decerto. Mas essas leituras não são verdadeiramente leituras, são ainda uma das múltiplas faces do acto de escrever. E publicado o livro, o autor enjoa-o, está cansado, é incapaz (tem medo até) de o abrir.

De modo que, anos depois, quando uma reedição o obriga a debruçar-se outra vez sobre essa obra que, afinal, nunca verdadeiramente leu, que apenas escreveu, o livro agora lido terá ainda alguma relação com o livro anteriormente escrito?

Porque aquelas palavras negras (eram azuis quando o autor as dispôs irregularmente sobre o papel), perfiladas ao longo de umas centenas de páginas que já perderam a brancura inicial, distanciadas pelo tempo, estão mudas e sem memória, só num ou noutro momento revivem e recordam ao romancista que foi ele quem as lá pôs: Sim, esta *cena, lembro-me bem, escrevi-a eu numa tarde de sol (ou de chuva), dentro de casa (ou num café), no dia, por sinal, em que encontrei um amigo (ou não),* nesse *dia em que..., etc. E enquanto a escrevi senti-me feliz (ou infeliz). No fundo, o que me impelira a pegar na caneta fora... Quanto à maior parte do livro... Como estava eu vestido ao começar a trigésima página? E a centésima quarta? Que havia comido nessa manhã? De noite, que sonhara? Com quem tinha conversado antes: com uma mulher bonita, com um homem inteligente? Que livros estava a ler (que livros me influenciavam)? E os jornais, que diziam os jornais nesse dia? Preocupava-me qualquer coisa da minha vida particular (uma carta que adiara para a semana seguinte, uma humilhação que sofrera, um dente que me doía)? Preocupava-me o destino da pátria e do mundo (umas eleições, a situação em Cuba)?*

Olho para este livro fechado sobre si mesmo (ainda que materialmente aberto), história alheia e inútil que nada me diz (que talvez nada diga a ninguém), incapaz de estimular, graças a associações várias, a minha consciência de autor, incapaz de resolver o meu passado (e o mundo em que eu vivia), assisto lentamente ao fracasso que é para um romancista ter escrito um romance, ter tido a ilusão, ao escrevê-lo, de que conseguira guardar para o futuro alguns instantes aparentemente significativos, não unicamente para ele mas para os outros, para a descoberta do sentido da vida, percebo entristecido que os meus romances não guardam vivo o passado (por isso mesmo ainda hoje e amanhã presente, ainda hoje e amanhã futuro), congelam-no sem remissão.

Olho para este livro, relato morto incapaz de reviver não só a realidade que o sugeriu, mas também o absoluto que num dado momento ilusoriamente ele soube cristalizar. Olho para estes Desertores *como para um nome (ou dois nomes, ainda que inscritos num só coração) gravado com amor no tronco de uma árvore — nome (nomes) que anos mais tarde é somente o que lá está, não o que nele vivi.*

Mas então se o que nestas páginas vivi ao escrevê-las se evaporou, fugiu às palavras que lá pus, se com as palavras que ficaram ficou somente um enredo (uma história susceptível de ser recontada por não importa quem) e não um sentido, então porque voltar a publicá-las?

2

Porque, ao começar um romance, que procuras tu? Aqui está (confessado sem medo de ser ridículo, sendo-o): sentas-te e não sabes o que vais escrever, não sabes sequer a primeira palavra, empurrado por um não sei quê ainda indefinido, uma nuvem que tanto pode ser um elefante como uma sereia, algo cuja forma nítida só a prática da escrita sabe revelar. Como o escultor de Aristóteles, inicias o teu trabalho atacando um bloco de mármore, à procura da estátua que está lá dentro. E essa estátua é (pois que havia de ser?) não tanto uma história vivida por meia dúzia de personagens, como um sentido: qual o valor, se o tem, da vida humana — a minha, a dos outros —, o valor das diferentes formas de viver não direi já no universo, mas nesta pequena cidade em que, sem escolha nossa, viemos a nascer, em que vivemos cortados de tanta riqueza possível e justa, em que havemos talvez de morrer com as mãos inteiramente vazias (em que muitos companheiros nossos têm ficado pelo caminho com as mãos inteiramente vazias)?

Pensas que o encontro com essa estátua será para ti uma revelação, uma espécie de baptismo renovador, o desvendar de um mistério. E pensas que essa renovação se estenderá aos leitores, que eles serão também revolucionados (se não revolucionários), que eles serão impelidos a revalorizar o mundo, pelo menos a tua cidade, esta cidade que ainda não é a cidade do sol (ou das flores, ou de deus — o nome não importa). Mas a estátua que à partida, e através da prática da escrita, julgavas ir encontrar, encontraste-a alguma vez quando terminaste os teus romances?

A estátua que se supõe estar ali e de cuja forma julgamos ter uma visão, embora nebulosa..., eis o que atrai o escritor para a batalha. Merleau-Ponty disse com uma admirável força de persuasão que «aquilo que queremos dizer é o excesso daquilo que vivemos sobre aquilo que já foi dito». Mas quantas vezes consegue o romancista pôr em palavras esse excesso?

Escrevo um romance para pôr em palavras esse excesso, para ver claramente o significado desse excesso e depois de uma, de duzentas páginas... O mármore completamente desbastado, mas onde estava a estátua?

Quando cheguei à página 188 de Os Desertores *(esta a desgraça dos romancistas menores) percebi que já não havia bloco de mármore, que destruíra pelo caminho a estátua que estava lá dentro. Mas não desisti, havia ali à mão outro bloco (comecei a escrever* As Boas Intenções*), chamei um livro novo à tentativa de escrever de novo o mesmo livro. Aí está a loucura: sempre que chego à conclusão de que falhei, de que tenho de pôr outra vez mãos à obra com papel novo, com situações novas, para achar o que continua a escapar-me, em vez de humildemente concluir que fracassei, dou um título à versão fracassada e publico-a. Porquê? Por que razão já publiquei quatro falsos romances (quatro títulos diferentes) quando o romance que trago em mim é um só e está ainda por escrever, talvez nunca seja escrito?*

Eis a dificuldade que me surge, que se acentua então ao reeditar um livro — que se acentua dupla, triplamente, ao reeditar agora aquele que de todos os meus romances me parece o mais fraco, o mais longe do tal excesso!

3

Pergunta na qual se enxerta estoutra dúvida: a de que este romance (não só ele, todos os meus romances) tranquilize demasiadamente as consciências dos leitores, e precisamente daqueles leitores que mais inquietados precisam de ser: os que, com estes ou aqueles argumentos, fugiram àquilo a que eles mesmos se sentem obrigados; que os tranquilize ao dar-lhes a entender que até os desertores (os desertores das suas próprias consciências) são infelizes, e portanto dignos de uma certa indulgência.

Ora eu creio (não sei se creio sempre, creio muitas vezes, creio hoje) que um romance que leve o leitor a sentir-se reconciliado consigo próprio (tranquilo, no fim de contas) é um mau romance — porque sentir-se alguém reconciliado consigo próprio (sobretudo se tem consciência de que é um desertor) é um mal, uma estupidez, um crime. Creio pois que um bom romance, um romance rico, é aquele que, dirigindo-se aos problemas concretos do leitor, efectivamente lhe rouba a tranquilidade, revela (embora de forma indirecta) o desencontro existente entre o que cada um crê que deveria fazer e o que cada um faz (ou não faz).

4

Abro um parêntese, procuro explicar-me melhor, corrigir uma ideia que enunciei, antes de prosseguir: trago à memória os grandes romances que conheço e julgo poder afirmar que todos eles contribuem para a intranquilidade dos leitores (no plano ético, se assim posso dizer), mas contribuem também, por instantes, para uma certa paz (no plano estético, digamos assim). Por outras palavras, e embora recorrendo a uma linguagem não isenta de um certo sabor metafísico (mas não é fácil ao leigo evitar tal linguagem, só o filósofo está adestrado para se exprimir sem ela), direi que um bom romance dá ao leitor, por momentos, a visão de que a harmonia é possível neste mundo, de que o equilíbrio humano é atingível em larga medida (aí está o próprio romance a prová-lo já que ele é, formalmente, um equilíbrio), mas, por outro lado, o bom romance revela-nos que, no domínio dos factos (estarei a falar do conteúdo?), essa harmonia ainda não foi conseguida, esta nossa civilização permanece injusta, inutilmente cruel, susceptível de ser melhorada pela acção dos homens.

A Cartuxa de Parma*: admirável a maneira como as cenas se dispõem umas em relação às outras, se articulam, como as* *personagens se nos impõem — e isto é harmonia, é tranquilidade, é paz, é uma visão do absoluto, quase uma visão mística da Beleza (assim mesmo, com maiúscula, vista para além da caverna platónica). Mas quanta dor, quanto desequilíbrio, que mundo político terrível o de Parma, em que não há segurança para ninguém!*

E algo de semelhante se pode talvez dizer da pintura (a Princesa de Trebizonda, *de Pisanello), da música (*A Sinfonia N.º 40, em Sol Menor, *de Mozart) e até, ponto mais discutível, de certas obras de arquitectura (sob a harmonia, a verticalidade tranquila e terra-de-siena da* Torre del Mangia, *sob as suas ameias brancas, erguidas muito alto para surpreender no horizonte os possíveis inimigos da cidade, quanta intranquilidade se exprime? Quanta dor de homens a contas com a morte e com a ameaça do ranger de dentes no inferno não se esconde sob as naves de* S. Rufino*?).*

5

*Sim, leio pela primeira vez este romance que até hoje somente havia escrito, e ele surge-me como um livro fechado, sem poder evocador, alegoria que nada alegoriza, versão falhada de um romance que continuo a procurar (*Bolor *se chama provisoriamente, título que roubei a uma poesia de Carlos de Oliveira), servindo-me afinal de palavras que são, que continuam a ser, as mesmas, de palavras que de obra para obra nunca variam, de palavras que até aqui têm sido mudas, de palavras a que quero dar uma voz — eu que desejo obrigá-las a falar.*

Mas será isso tão simples que baste dar-lhes uma ordem diferente?

Ilusão, decerto: e, no entanto, como fugir à tentação de pensar que Os Desertores *— mudo em si mesmo — ganhará talvez algum significado (o significado escondido que com ele procurei) se for posto em confronto, em diálogo, com os outros livros que escrevi*

*— pelos outros sendo iluminado e aos outros iluminando? À falta de poderem escrever o tal romance completo que fala por si mesmo (*Guerra e Paz, As Grandes Esperanças, Mulheres Apaixonadas, *tantos mais), os autores menores agarram-se então à ideia de que os seus romances (as diferentes versões do único romance que escreveram), mutuamente se esclarecendo, jogando sempre com as mesmas palavras, mas mudando-as de lugar, alterando-lhes a sequência, e constituindo assim uma nova ordem que se sobrepõe à ordem que cada um deles constituía, falhando por caminhos diferentes, acabarão por renascer, por dizer alguma coisa, por falar ao ouvido dos leitores, por inquietar os espíritos.*

E à justa réplica de que tudo isto não passa de simples ilusão tenho somente uma resposta (encontro-a numa peça de Ibsen): as ilusões são vitais — pelo menos para quem as tem (o autor destas linhas, no caso presente).

Fevereiro de 1967.

PRIMEIRO CAPÍTULO

1

— Um novo ano! — Com estas palavras, Gabriel não tencionava abrir ou rematar uma conversa. Poderia ter dito «ah!», poderia ter dito «está frio!», poderia ter dito muitas outras coisas. O desejo apenas de preencher o silêncio.

Jaime fechara o jornal. «Um novo ano...». Chegou a tomar balanço para as habituais meditações: «um novo ano é sempre uma incógnita», mas desistiu a tempo. «*Beba água de Ançã*» — leu em voz alta. — Aquele cartaz não estava ali ontem, pois não?

— Não tenho ideia.

Sentados ao lado um do outro, as costas alinhadas, as quatro pernas quase paralelas, os braços alongando-se ao acaso.

— O Ramiro não vem? — perguntou Jaime.

— Julgo que sim. É verdade! Sabes o que lhe sucedeu ontem com o Araújo?

— Ele disse-me.

— É incrível, não é?

— Não sei porquê. Sempre pensei que o Araújo era um chato. Mas é possível que neste caso tenha razão. Pelo menos alguma razão.

Gabriel demorou uns segundos a responder. Havia ainda na chávena um resto de café e apeteceu-lhe bebê-lo.

— O café frio não é tão mau como isso — concluiu.

— O Ramiro dava-lhe demasiada confiança...

— Achas? — Desinteressara-se. — E o ano novo? Projectos?

— Todos os anos temos esta conversa. — A frase saíra-lhe apagada, num súbito contraste com as palavras de Gabriel. Em busca de maior colorido, Jaime procurou arredondá-la com a curva ascensional de uma pergunta: — Não é verdade?

— Estive a pensar. Ainda te lembras...? Foi no primeiro ano em que o Ramiro se empregou. No primeiro ou no segundo... Disse-nos com um ar muito sério: «Que fariam vocês se começassem a ganhar o dobro?»

— Bem sei. Lembro-me dos argumentos: o aumento era-lhe desnecessário porque até ali passara sem ele... — Acendeu o cigarro. — Poderia continuar a passar sem ele e a reparti-lo por...

— Nunca mais falámos nisso. Achas que é de lhe dizer alguma coisa?

Jaime encolheu os ombros.

— Para quê? — Não continuou. Dera pela presença de Ramiro, muito atento e de pé, ali ao lado.

— Como estão vocês? — Ramiro apertava-lhes as mãos com força para que esse gesto não passasse despercebido, nunca mais pudessem esquecê-lo.

— Olá! — respondeu Jaime sem tirar o cigarro dos lábios.

«Terão dado pelo calor com que os saudei?». Desiludido, Ramiro estendeu o sobretudo numa cadeira vazia.

Preenchendo o silêncio que os três deixaram crescer, a voz de quatro rapazes (alunos do liceu: do sexto? do sétimo ano?):

— Era uma gaja formidável, pá.

— Nem queiras saber. Ontem...

Ramiro, vendo o criado:

— Uma bica.

— Outra para mim — repetiu Jaime. «Amanhã decido-me. Compro a máquina eléctrica de barbear».

— Aquele cartaz não estava ontem ali, pois não? — disse Gabriel, apontando para o anúncio da água de Ançã, mas o criado era surdo e afastou-se sem responder. Ramiro procurava recordar-se:

— Não tenho ideia...

As gargalhadas dos alunos do liceu.

— Era ou não era, pá?

— Que bestiagas — indignou-se Jaime.

— Já pensaste? — recomeçara Gabriel, dando uma palmada no joelho de Ramiro. — Um novo ano... — Ficou a observá-lo, com a testa franzida e um sorriso nos lábios.

— É verdade... Quanto tempo levaria eu a contar tudo o que me sucedeu durante o ano?

— Trezentos e sessenta e cinco dias — somara Jaime, tentando destruir com um número rigoroso a conversa que se adivinhava.

— Não. Trezentos e sessenta e cinco dias é pouco — contrapôs Gabriel. — Demoramos mais tempo a descrever as coisas do que a vivê-las.

— Setecentos dias, portanto? Mais...?

— E a noite? — lembrou o outro, ajeitando o nó da gravata. — Que pode acontecer-me quando durmo? Este ou aquele sonho... — Humedeceu os lábios ásperos do cieiro. — Sonhas muito, Ramiro? — Esfregou as mãos.

— Raramente.

Nessa noite Gabriel tinha sonhado com Genoveva. Não se lembra de mais nada: sonhara com ela... Um esforço de memória: fora por acaso que a vira ou já estavam juntos no princípio do sonho? Pouco importa. Mas porque não lhe telefona logo à noite, porque não recomeçam a velha e quase esquecida amizade?

Ramiro:

— Doze meses e nem sequer demorei um quarto de hora a recordá-los...

— As minhas calorosas felicitações — disse Jaime, impaciente, cortando-lhe a frase.

Muito direito, sem olhar para eles, o criado pôs as duas bicas em cima da mesa e Ramiro começou a açucarar o café do companheiro.

— Chega!

— É curioso — descobriu Gabriel, surpreendido. — Tamanha gentileza é rara entre nós...

Só então Jaime reparou no gesto de Ramiro. Volveu os olhos para ele, viu-lhe o nariz pequeno e arrebitado, uma sobrancelha muito grande que lhe trepava pela testa acima. «Eis um homem feliz porque é capaz de ser amigo dum amigo. E eu?»

— Mais uma colher — pediu, apreensivo, não porque a desejasse, mas para corresponder à simpatia que Ramiro assim lhe manifestara.

— Porque não havemos de passar a ser amáveis?

— A época é de secura, somos contra o sentimentalismo... Até lhe chamamos, como é já?... Pieguice, contra a pieguice... — Palavras de Jaime, palavras sublinhadas com um sorriso. E depois: — O ano está findo. Eis aqui um acontecimento importante. Lembra-te: no dia 29 de Dezembro resolveste ser gentil, resolvemos ser gentis... — O mesmo sorriso, mas palavras diferentes. Bebeu o primeiro gole de café. Era isso: demasiadamente doce... Bebeu o segundo, bebeu o terceiro.

— Porque não? — dissera entretanto Ramiro. — Um acontecimento importante, um acontecimento para registar com tinta vermelha num livro branco. Pequenos gestos, pequenas delicadezas: servir o açúcar aos amigos, acender-lhes os cigarros, deixá-los serem os primeiros a passar... — Procurava mais coisas, mas não foi suficientemente rápido e Jaime ultrapassou-o:

— Ajudá-los a vestir as gabardines, perguntar-lhes pelas famílias, se estão ou não de saúde... — Desistiu. No intervalo seguinte, várias frases («não é isso, pá», «és parvo, pá», «dá a tua palavra de honra, pá») feriram-lhes os ouvidos. Jaime bebera o café, mas Ramiro sorvia-o a medo, em pequenos tragos, como se tivesse receio de se queimar.

— Embirro com os últimos dias do ano porque se prestam a este tipo de conversas — comentou Jaime, remando contra os seus mais íntimos sentimentos. Afinal agradava-lhe ouvir e dizer palavras assim, mas como levá-las a sério se eram — recorda-se bem — uma cópia exacta das frases ditas nos anos anteriores?

— Que tipo de conversas preferes?

— A guerra está iminente.

— Queres que falemos dela?

— Porque não?

Gabriel, com voz teatral:

— As acções das grandes companhias americanas estão a subir. Isso significa... Vamos repetir o disco?

— Se tem de ser um disco, porque não há-de ser esse? — Mas não prosseguiu. Neste momento, pensa Jaime, Teodora começa a levantar-se. Num instante invade-o a pena de não estar deitado ao lado dela, a lembrança da escuridão do quarto, do guarda-roupa junto da porta, do calor das ancas desejadas encostando-se-lhe às pernas. — Inevitavelmente — explicou, depois de se libertar das pernas de Teodora — acabaremos por concluir que nada nos sucedeu de importante, que nada fizemos durante o ano. Eu não protestaria se tivéssemos a firme intenção de nos modificarmos. Mas não temos, com toda a certeza não temos. — Excitara-se, erguera a voz, corara. O anel verde-claro dos olhos quase lhe desaparecia, esmagado pelo negrume das pupilas dilatadas.

Gabriel:

— Ganhamos alguma coisa em falar da guerra?

— Não é verdade — retorquiu Ramiro. — Custa-me, seja como for custa-me, desperdiçar o ano que aí vem. Custa-me reduzi-lo, no fim de contas, a um mísero quarto de hora de recordações sem importância. — Exprimia-se com calma, acompanhava as palavras de gestos sóbrios, mas nítidos. — Se cada ano se resumir num quarto de hora, de que vale viver noventa anos?

Jaime apressou-se de novo:

— Noventa quartos de hora são vinte e tal horas.

— Um dia.

Tinham saído do café e desciam a rua do Ouro sem qualquer rumo certo e sem que ninguém tivesse dito «aonde vamos?». Um deles — qual? provavelmente Jaime — cortara para baixo e os outros haviam-no seguido.

— Em vez de ouvir as vossas lamúrias podia estar deitado com a Teodora. — Do fundo da alma viera a Jaime o desejo de reagir contra aquela conversa de velatório, um desejo de ser grosseiro, saudavelmente grosseiro. — Não imaginam como ela é boa na cama — acrescentou, silabando bem a última palavra para irritar Gabriel.

— Tens a certeza de que a Teodora gosta que fales dela nesses termos?

— Porque não? É uma rapariga sem os requintes da vossa sensibilidade... — Tocou no braço de Ramiro. — Acreditas? Seria capaz de preencher vários quartos de hora a contar o que temos feito, eu e ela...

(Nessa manhã, Teodora anunciara-lhe a próxima visita da mãe. «Não pretendes com certeza que eu saia para que Sua Excelência se instale!», dissera-lhe. «Se tu quisesses!», suplicara Teodora. Um último recurso: «Mas ela vai descobrir tudo. A Dona Miquelina insinuará... Porque não vais tu vê-la?» Bem sabia que Teodora — empregada de balcão numa loja — não poderia ir. «Já falei com a Dona Miquelina, ela não diz nada. São só quinze dias. Vens visitar-me como se fosses o meu noivo. Até será engraçado...»)

À vista dos barcos de Cacilhas, Ramiro e Gabriel sentiram-se invadidos pela ancestral fúria de navegar que havia dado a Índia e o Brasil aos velhos portugueses.

— Atravessemos o rio! — gritavam exaltados.

— Não — proclamou Jaime bem alto. — Não! — Era um protesto contra todos os sentimentalismos, um protesto implacável, decisivo. Como toda a gente, Jaime também poderia fazer um inventário pessimista do ano que estava a terminar. Mas opunha-se a esse jogo. Tudo, menos o delicioso sentimento do pecado para reconfortar as consciências! Viajassem os amigos à procura do Brasil que ele ficaria em Lisboa.

— Vais-te arrepender — diziam.

— É por isso que vocês partem? Têm medo de ficar arrependidos se não forem?

O barco afastava-se. Seguiu-lhes os vultos minúsculos espetados à proa e tentou imaginar o que diriam. *Ramiro: «Não sentes, Gabriel, que há em ti qualquer coisa de navegador?» Gabriel: «Sim, sim, está adormecido, mas quando subo à coberta dum navio...»*

Virou as costas ao Tejo, virou as costas àquela imagem (demasiado pérfida para ser verdadeira).

2

— Aqui! — Deu o dinheiro ao chauffeur, pediu-lhe que trocasse vinte e cinco tostões, deixou dez de gorjeta, abriu a porta, pôs os pés no passeio. «Bonitos olhos», disseram dois rapazes em uníssono. «Ano novo!», disse ela, vendo um cesto com garrafas de champagne.

Estava em São Pedro de Alcântara e foi espreitar os telhados vivos e mortos, as paredes claras e sombrias, as vidraças fechadas que brilhavam ao sol, as janelas abertas (buracos escuros nas fachadas brancas). Viu o castelo lá em cima, novinho em folha, ajardinado e quase sem história, e uma fragata com velas vermelhas.

Ah, os dias de Berenice, os dias vulgares de Berenice, os dias que são a maioria do presente, esses dias começam às dez horas da manhã!

Por volta das onze, sai e faz o Chiado. Agrada-lhe o Chiado de manhã e detesta-o à tarde. Não corre o risco dos encontrões e as pessoas ainda não parecem cansadas, têm o ar aberto de quem espera grandes coisas. «Sabe-se lá se não será hoje?» Se não será o quê? Isto ou aquilo. Parece-lhe que os homens, as crianças, as mulheres, estão sorridentes e felizes. O dia ainda não os triturou e é bom sentir-lhes aquela presença confiante.

Sem pressa, absolutamente à vontade, Berenice entra nas lojas vazias. Atendem-na com vagar; há sempre ali ao pé um empregado ou uma empregada que medita em silêncio. «Não será hoje?» Hoje, o quê? De repente, o patrão chegava: «Manuel — diria. — Há muito tempo que ando a pensar... Estou cansado, preciso de um sócio, alguém que me dirija a casa. Convém-lhe?» A vida inteiramente transformada, um automóvel, sabe-se lá que mais!... Ou então: Teresa, ali a meditar. O patrão não seria velho, como de facto é, mas novo. Chegava inesperadamente. «Teresa? Precisarei de te dizer? Oh, desde o primeiro dia em que te vi...!»

Não será isso, talvez. Que sabe, que pode saber Berenice? Sim, sim: de manhã é permitido sonhar, o patrão não se opõe. Quando a tarde vier, as pessoas virão também — e apressadas e impertinentes e secas. Mas agora é outra coisa.

Todos estão felizes — pensa, ignorando que se engana. Compra ou não compra o que acaba de ver e sai para a rua.

O sol de Inverno, macio, luminoso, vem brilhar sobre os cabelos de Berenice. Ela gosta daquele afago matinal, daquela promessa de felicidade. Entra numa livraria, folheia os livros. Os empregados conhecem-na e dão-lhe os bons-dias. Troca meia dúzia de palavras com eles. À porta encontra alguém: Gilberto, por exemplo, que lhe pergunta se vai no dia seguinte a casa da Nora ou se esteve no casamento da Beca.

De novo o sol, as montras, as pessoas felizes. Com um disco nas mãos, a Mitó dirá:

— Querida, vem ajudar-me na escolha dumas luvas... Estou farta de correr e não sei... Tens visto a Nora, não estiveste lá? Também não pude... Uma dor de dentes, imagina! Mas quem perguntou por ti foi o Rogério, lembras-te dele? Aquele rapaz loiro que te apresentei na Ericeira. Não imaginas..., o meu pai está chato, não quer que eu saia. Mas fiz um vestido..., não, tu ainda não viste, um vestido azul...

Disse-lhe adeus. Parou em frente da montra de brinquedos e resolveu entrar. Era o desejo de qualquer coisa, nada de definido. Uma boneca? Um avião desmontado, por exemplo. Comprou o avião, um avião de caça, e saiu hesitante — a vaga intenção de oferecê-lo à primeira criança que encontrasse.

Subindo a rua vinham Gabriel e Ramiro. Procurou evitá-los, mas já não foi a tempo.

Que tinham, que não tinham feito?

— Subíamos o Chiado...

Berenice respondeu:

— Eu descia.

Riram-se os três porque não ignoravam que «descer» ou «subir» o Chiado eram palavras equivalentes. Significavam: «queimamos o tempo, fazemos horas». Gabriel propôs:

— Podemos descê-lo contigo.

Ela:

— Posso subi-lo convosco.

Riram-se de novo e começaram a descer.

— Atravessámos o rio, não imaginas como estava extraordinário! — exclamou Gabriel. Percebeu que Berenice comprara um brinquedo e quis saber: — Algum afilhado?

Esboçando um sorriso, ela disse que não com a cabeça.

— Querem ver que é para ti... Tem graça, ainda ontem estive para fazer uma tolice, comprar um comboio eléctrico. — Explicou melhor: — Quando era miúdo desejei sempre um brinquedo assim, mas nunca mo deram. Sinto que não posso ir desta para melhor sem realizar esse sonho.

— Um comboio eléctrico e morrer! Serve-te um avião?

— Aviões tive vários, não preciso de mais. Quando muito, uma viagem... Porquê?

— Por nada. — O avião estava outra vez sem destino.

Ramiro, saindo do seu mutismo:

— Também não me importava de ter um.

— Se o comprássemos a meias? — sugeriu Gabriel. Falava a sério, pretendia pegar-lhe na palavra. — Uma semana para um, uma semana para outro... E tu sabes! Depois, o engraçado são as passagens de nível, os aparelhos de sinalização, os vagões-cisternas...

— Posso entrar no negócio?

Gabriel, desviando a conversa:

— Grandes projectos para o ano que vem?

Ela respondeu, mas Ramiro não ouviu a resposta. Em vez de olhar para Berenice entregava-se ao jogo de a refazer de memória: os cabelos loiros, lisos, colados à cabeça, partidos ao meio por um risco, enrolados atrás da nuca, presos por uma fivela esmaltada. Comparou a imagem com a realidade: estava certa. E os olhos extremamente vivos, muito grandes, redondos, brancos e azuis.

— Há quanto tempo não nos víamos, Ramiro? — Era uma tentativa de o atrair para a conversa.

— Trabalho...

Berenice, que não trabalhava, recusou-se a aceitar o desafio daquelas palavras.

— Estive em Itália — disse. — Quem me dera voltar para Cortina!

— Mandaste-me dois postais.

— Não me respondeste.

— Quando chegaste? — interveio Gabriel, procurando destruir o azedume daquele diálogo seco feito de perguntas e de respostas.

— No princípio do mês, mas parece que foi há tanto tempo! Os meus pais desejavam a minha companhia pelo Natal.

Gabriel:

— E deste-te bem por lá?

— Porque não respondeste? — insistiu Berenice, voltada para Ramiro.

— A mim não me escreves tu — lastimou-se Gabriel, remando contra a corrente.

— Porque não.

Estavam agora nos Restauradores à espera de que o sinaleiro lhes autorizasse a passagem.

— Quase uma hora! Tenho de ir andando... — Num parêntese: — Estive anteontem com a Genoveva... — Voltando à conversa anterior, para Ramiro: — Trouxe-te uma coisa, sabes? — Virando-se para Gabriel: — Também me lembrei de ti. — De novo para Ramiro: — Não sabia bem se ta deveria dar ou não, mas agora resolvi-me. — Para Gabriel: — Genoveva parece mais bonita... Mas desiludida. Porque será?

— Ganha pouco. Além disso preferem nos liceus um homem estúpido, só porque é homem, ainda que não saiba um décimo do que ela sabe.

— A Genoveva desejava tanto ser professora... — Mandou parar um táxi, estendeu a mão a Gabriel, despediu-se de Ramiro. — Boas festas!

— Boas festas! — disseram eles.

O chauffeur metera a primeira, metera a segunda.

— Berenice! — Ramiro correu atrás do automóvel, por um triz ficava debaixo doutro, ela viu-o, desceu o vidro — os lábios muito vermelhos, os dentes regulares (embora um deles tivesse uma pequenina falha), os olhos muito grandes.

— Que me trouxeste tu?

— Não posso estar aqui parado — protestou o chauffeur de mau modo.

— Não digo... Porque não me telefonas?

— Um dia destes... — Sem saber porquê, como se aquele automóvel partisse para o Brasil, Ramiro ergueu o braço num gesto de adeus. Pelo vidro de trás o olhar de Berenice descreveu uma curva elíptica até encontrar o dele. Um autocarro de dois andares surgiu depois como um biombo impenetrável.

— Estás louco? — disse Gabriel.

— Não — respondeu muito sério. — Gosto de Berenice... nunca tive esta sensação. Foi quando a vi subir para o táxi, quando percebi que se ia embora. Precisava que ela continuasse ao pé de mim, compreendes? Precisava... — «Precisava que tu descesses agora, Berenice, que voltasses atrás...» Espreitou Gabriel com receio de que o amigo o achasse ridículo. De facto, Gabriel sorria, podendo parecer a olhos desprevenidos que zombava dele. Mas não: o sorriso era de felicidade, uma estranha felicidade... Uma coisa nova, nunca dera por tal. Sabia perfeitamente que gostava de se encontrar com Ramiro, que Ramiro lhe era indispensável para os serões, para discutir um livro, dizer mal do governo ou ir ao cinema. Mas este sentimento... Não pode contê-lo no peito. Aperta o braço de Ramiro, atrai-lhe a atenção.

— Sou teu amigo...

Gabriel dirigira-se à paragem do eléctrico, Ramiro acompanhara-o. Mas os eléctricos passavam uns atrás dos outros, ele não mostrava vontade de se despedir.

Ramiro:

— Sempre fui teu amigo.

— Nunca tínhamos dito uma coisa destas, pois não?

— Não. Ficamos envergonhados de ter sentimentos. Ao que não é seco chamamos-lhe piegas. Nós dizemos *sóbrio*, mas é *seco* que devíamos dizer.

— Não sei... É o pudor, o pudor dos sentimentos. Estamos cheios de pudor. Pudor disto, pudor daquilo. Pudor até de confessar a amizade!

— Pudor de ser amigos. Tudo é relativo, passamos o tempo a dizer que tudo é relativo. Mas eu julgo que há neste mundo qualquer coisa de sólido, de imutável, de permanente... — hesita, à procura da palavra perfeita — de absoluto, sim, de absoluto... É a amizade, hem? A amizade...

3

Os pais já estavam sentados à mesa quando Berenice chegou. Mas não disseram nada (por ser a época de Natal?).

Nos seus tempos de solteira era a Migá que durante as refeições acendia o fogo da conversa e tornava mais claros os pesados móveis de mógono, as cortinas opacas, os reposteiros de chumbo, as alfombras escuras. Casada, o seu lugar ficara vazio. Vazio e à espera dela com os talheres postos, a cadeira de encontro à mesa.

Porque ninguém poderia substituir a Migá. A Migá contando o que lhe sucedera na escola e depois no liceu. A Migá convencendo a mãe a levá-la ao cinema, a permitir-lhe que fosse a casa da Guida. Conhecera nesse dia uma senhora que estivera interna no mesmo colégio da mãe. Dizendo subitamente que não se casava — e o casamento era daí a uma semana.

— Encontraste a tua irmã? — perguntou o pai

— Não. Saí com essa intenção, mas pensei que não tinha paciência de a ouvir, passa o tempo a lamentar-se por isto ou por aquilo.

— Também me parece — disse o pai, levando o guardanapo aos lábios.

— Não encontrou a felicidade — acudiu a mãe. O pai de Berenice podia sentir-se visado. Certa vez, precisamente uma semana antes do casamento, Maria Gabriela desfez-se em lágrimas a meio do almoço e declarou que não queria casar. Ele respondeu que não havia problema, que se casava e casava mesmo. Ela quisera explicar. E ele não permitira qualquer explicação. Ela dissera que fugia. E ele fechou-a no quarto durante o tempo que faltava. Submetera-se, chegara mesmo a sorrir no dia do casamento. Os pais sabiam muito bem defender o futuro dos filhos e aquele sorriso da Migá fora a melhor das recompensas. «Não chorou, todas as noivas choram!», chorara a mãe.

— Ora, ora! — interveio ele, sem atribuir à frase «não encontrou a felicidade» qualquer secreta insinuação.

Como o ano estava no fim e a época era de simpatia e de amor, Berenice ofereceu-se para descascar ao pai uma laranja.

Era um gesto raro, embora uma ou outra vez Berenice tivesse gestos assim. E o próprio pai. Mas tudo isso pertencia ao passado e nunca, desde que Maria Gabriela deixara a casa paterna, se repetira uma tal inspiração. «Que direito tem de a obrigar a casar?», dissera. Um daqueles reposteiros opacos e grossos que escondem as portas veio cair entre eles. Para sempre.

Descascar a laranja? Sujeitou-se, mas a admiração inicial que o iluminara diluiu-se quando pensou que Berenice procurava fazer-lhe a boca doce para conseguir uma prenda pelo ano novo. «Não te darei nada».

Como foi? Berenice teve consciência do que havia de equívoco naquele acto. Voltar atrás? Sem outro recurso, levantou-se de um salto, num gesto intencional de má educação, a mostrar-lhe que não pretendia suborná-lo.

O pai não percebeu. A verdade é que não lhe apetecia a fruta e se aceitara comê-la fora apenas pelo desejo de ser agradável à filha. Portanto achava-se desobrigado.

— É o mundo — comentou sem azedume.

Chegada ao quarto, Berenice sentiu-se prisioneira, roída pela impotência. Era uma sala imensa, de um gosto atroz, e a cama enorme, escura, esmagada por um baldaquino, condizia perfeitamente com o resto da mobília. Ali vivera a avó os seus últimos anos! Berenice desejava um quarto mais pequeno, e havia dois no segundo andar, mas o pai opusera-se sempre.

Aninhada no sofá com uma novela policial nos joelhos, passou assim a tarde inteira. E durante esse tempo não teve outros gestos que não fossem os dedos impelindo o desfolhar do livro, as pernas que se estendiam, cruzavam e descruzavam, e um movimento mais longo a premir o botão do candeeiro quando a luz, consumida pelas cortinas e os tapetes, começou a amortecer.

Berenice foi passar o serão a casa dos sogros da Migá, não porque lhe apetecesse ir, mas porque a irmã lhe pedira muito que não faltasse. Dançou com A, dançou com B, dançou com C. C era César: dezassete anos — menos seis e meio do que Berenice. Pela altura dir-se-ia mais idoso, mas o rosto sem barba atraiçoava-o. Exprimia-se geralmente com ares superiores, dando a entender aos mais velhos que era mais culto do que eles, mas que não se dispunha a aturá-los. Com Berenice, porém, a sua atitude era diferente, achava bom ouvi-la, era capaz de procurá-la e de confessar-lhe que a procurara.

— Gostas da Isabel? — Tinham deixado de dançar, haviam-se refugiado numa varanda e olhavam para a rua.

— Já sei — respondeu César, receoso. — És como a minha irmã. Vais dizer que a Isabel não é a mulher que me convém.

Berenice seguia atentamente as manobras desajeitadas de um automóvel procurando arrumar-se no reduzido espaço que lhe estava aberto junto do passeio.

— Perguntei se gostavas da Isabel.

— Não sei o que é gostar...

— De que conversam vocês?

— Falo-lhe do aparelho de rádio que estou a construir e ela interessa-se. De outras vezes conta uma fita... — O automóvel acabara a prova, definitivamente vencedor. — E tu gostas de alguém? — perguntou, mirando-a atentamente.

— Não, porquê?

César esquecera-se da pergunta.

— É o André que está lá em baixo? — disse. Também não esperou pela resposta. — Seria incapaz de viver o dia inteiro com a Isabel, mas...

— Sempre é o André — admitiu ela. E depois: — Já te deitaste com uma mulher?

César permaneceu calado por alguns segundos. Quantas vezes se gabara perante os amigos?

— Nunca — retorquiu. — Caminha para cá — acrescentou, referindo-se a André. — A Marta disse que ele vinha.

— Supus que na tua idade os rapazes já... Se eu fosse rapaz e tivesse dezassete anos, não teria hesitado.

— És a primeira pessoa a quem digo a verdade. Tenho sempre vergonha de dizer que não...

— Vais ensaiar-te com a Isabel?

César indignou-se.

— Não! Seria incapaz duma coisa dessas. Vou acabar tudo com a Isabel, resolvi ontem. — Acabaria? Persegue-o a imagem do Verão que há-de vir. Quem sabe? Talvez já tivesse terminado o namoro se não sonhasse com as férias grandes e com a praia. Então poderiam deitar-se na areia e encostar um ao outro as pernas nuas. Na água, sem ninguém ver, era muito fácil apalpar-lhe a nudez do seio.

— Já abraçaste alguma mulher?

— Já dancei, pelo menos...

Berenice encolheu os ombros. Pois não tinham ambos dançado havia pouco?

— Um *Lancia*, o novo modelo; não é um carro espantoso? — César apontava para o automóvel esguio e veloz que desaparecia numa curva.

— E sem ser a dançar?

— Nunca peguei nas mãos de Isabel.

— Ela não deixa?

— Não foi ela... Talvez seja vergonha. Para que se pega nas mãos das mulheres? Porque se sente prazer... Não é indecente procurar o prazer à custa da Isabel?

— O prazer não é um mal.

— Depende... O prazer da carne é...

Berenice quis encontrar uma resposta, mas desistiu.

— Já gostaste de alguém? — perguntou ele sem lhe dar tempo para responder.

— Porquê? — Outro assunto. — Porque não vais a uma das tais casas? Não precisas de amor, basta-te dinheiro. Queres que te empreste?

— Não é um problema de dinheiro. Tenho medo.

Berenice não insistiu.

— Continuas decidido a romper com a Isabel, amanhã? — disse momentos depois, aconchegando o casaco ao peito.

— Não. Precisarei duma mulher a quem possa pegar nas mãos, nos braços, nos vestidos... Se não for a Isabel quem há-de ser?

Por instantes Berenice esteve para lhe pedir: «Acaba, não continues a roubar-lhe o tempo, visto que não gostas dela. Estão aqui as minhas mãos. Os meus braços.» Mas não se atreveu.

— Tens lido? — disse, para encobrir melhor estes pensamentos.

— Tenho.

— O quê?

César escondeu que estava a ler um romance policial. Atirou ao acaso:

— *O Drama de João Barois* — que havia lido nas férias do ano anterior.

4

Gabriel combinou cinco algarismos, ouviu um sinal repetido e ansioso, ouviu a voz de Genoveva.

— Genoveva?

— Ah! — exclamou. Despira nesse momento a camisola, tinha os seios pequenos e redondos impressos na combinação azul. Reconhecera a voz de Gabriel e num gesto brusco fechara o decote com a mão livre. — Estava tão longe de esperar um telefonema teu!

— Venho desejar-te boas festas.

— Obrigada. Deverei dizer: «igualmente» ou «agradeço e retribuo»? — Achando descabida a ironia, emendou: — Se soubesses como eu gosto que me desejem boas festas! E não é só boas festas. Gosto que se lembrem de que faço anos, gosto que me telefonem, que me visitem quando estou doente! E tu?

— Também.

Depois, um daqueles terríveis momentos de silêncio, esse silêncio que ainda pode ser compensado pela vista se os corpos estiverem presentes, mas que mergulha os homens na mais severa das solidões quando uma linha telefónica lançada por caminhos subterrâneos se interpõe às vozes e esconde os rostos.

— Estava longe de esperar — insistiu Genoveva, a mão sobre o decote.

— Achei graça... O Ramiro hoje açucarou a chávena do Jaime... Sim, também gosto que me dêem boas-festas.

— Então, ouve. Vamos desligar. Serei eu que telefono! Desejo-te boas festas. Entendido?

Pousaram os auscultadores. Genoveva sentiu frio. Procurou distraidamente um agasalho, quis dizer o número de Gabriel: 72... Não lhe telefonava havia tanto tempo que acabara por se esquecer do resto! Mas ele, estranhando a demora, adivinharia com certeza o que se passava. Um pouco de paciência... «Eis o progresso — pensou.

—A possibilidade de falar nua com um homem sem que ele o saiba!» — Quando ouviu a campainha atendeu rapidamente:

— Perdi o teu número.

— Como? Ah, é a Genoveva?

— Sou — respondeu ela, descobrindo que se tratava duma voz estranha.

— João Maria.

— Como está você?

— Queria desejar-lhe boas festas...

— Obrigada, obrigada... E igualmente, é claro. — De repente sentiu que lhe era impossível falar com João Maria em combinação. — Um momento? — Vestiu rapidamente a saia e a camisola. Pegou outra vez no auscultador. — Está?

— Sim.

— Obrigada, obrigada, João Maria... — Caiu entre os dois um silêncio que nenhum deles soube apagar.

Sentindo-a reticente, João Maria receou que Genoveva não tivesse gostado. Que mais lhe diria? Despediu-se:

— Era isto, Genoveva. Um ano novo muito feliz!

— Um ano novo muito feliz!

— Boa noite.

— Boa noite e mais uma vez obrigada!

— Boa noite.

Foi até à janela. Uma noite clara, uma lua enorme, as árvores agitadas ao sabor do vento.

E o telefone, enfim! Gabriel. Genoveva explicou-lhe.

— Valerá a pena corrermos outro risco e desligar...?

— Vale — disse ela.

— Não estará mais ninguém na bicha?

— Que número?

Ele ditou o número e pousaram de novo os auscultadores. Um, dois, três, quatro, cinco... Depois a campainha, no momento exacto em que dizia doze!

— Está?

Genoveva reconheceu-lhe a voz:

— Gabriel?

Ouvindo-a, ele sentiu um leve aperto na garganta como se não estivesse à espera daquelas palavras, como se aquelas palavras tivessem sido espontâneas, como se elas viessem do fim do mundo e ele as tivesse desejado um dia inteiro, uma vida inteira.

— Gosto que me dêem boas festas! E não só boas-festas. Gosto que me visitem quando estou doente, que se lembrem quando faço anos... Foi fantástico, Genoveva, foi fantástico!

— Queres que repita? Queres que volte a telefonar-te?

— Sim.

Quando de novo levantou o auscultador ela disse:

— Boas festas!

— Boas festas, Genoveva!

Inesperadamente, acharam-se os dois outra vez em silêncio, incapazes de dizer uma palavra, pelo menos uma palavra que desse sequência ao que ficara para trás.

— Que tens feito?

— Que estás a ler?

Pronunciaram estas frases ao mesmo tempo e riram-se muito, porque o riso era uma forma de esconder o mal-estar.

— Quem responde primeiro?

— Primeiro as senhoras — replicou Genoveva, a dos seios pequenos e redondos. — Não tenho lido. Sabes, o fim do período, os exercícios, as notas... — Sentiu comichão no nariz. O pai dizia: qualquer dia ponho-te pimenta nos dedos (era pimenta ou mostarda?). Mas não foi uma nem duas vezes que o surpreendeu a fazer o mesmo: um ar absorto e o dedo no nariz, um dedo meticuloso. Genoveva dissera qualquer coisa. Ele interrompeu-a:

— Muitos vintes ou tudo zeros?

— Devo estar a envelhecer. Quase não dei notas negativas.

— É sinal de velhice?

— Talvez. No ano passado ainda estava convencida de que a justiça era possível. Os cábulas deviam ser reprovados. Mas hoje, com turmas de quarenta alunos... Além disso será importante saber o que é um equinodermo? Quem diz um equinodermo, diz Júlio César ou os Apeninos. No liceu nunca cheguei a decorar essas coisas e contudo fui passando, tirei um curso, ensino até... Bem sei que é fácil ser professor, que o difícil é ser aluno, mas... Quem era que já dizia isto?

— O Borges. Ao que me consta, é hoje uma fera.

— Acabei por saber onde ficavam os Apeninos, mas não foi o liceu que me ensinou. — Ao mesmo tempo que dizia estas palavras imaginava a longa bota italiana cruzada de riscos vermelhos (estradas? caminhos de ferro?). No mar, um pouco abaixo da Córsega, havia uma sereia. Acima de Milão as manchas azuis dos lagos. Sulcando o Adriático uma gôndola preta aportava a Veneza. — De certa vez estive para ir com Berenice, estudei a viagem... — prosseguiu, sem deixar de ver o mapa (as torres inclinadas de Bolonha, os templos gregos de Paestum). — Ela e os pais. À última hora Berenice zangou-se com eles, meteu os pés à parede... Não foi, não fomos. «Desculpa, Genoveva, será para outra vez». Mas a outra vez nunca mais veio.

Gabriel:

— Iremos lá um dia. Iremos os dois.

Ela resolveu brincar:

— Aceito... É o que te convém: serei um guia magnífico. Já sabia de cor onde estavam as coisas, ainda sei, é só recordar um ou outro pormenor. — Novamente o mapa, as linhas de caminhos de ferro, as cidades assinaladas pelos monumentos mais característicos (Pisa: a torre; Florença: o palácio velho; Orvieto: a catedral), a sereia, as gôndolas, os lagos azuis... De repente começou a pronunciar, com nítido acento italiano e com um prazer que lhe fazia brilhar os olhos, as palavras rituais: *St.ª Annunziata, Galleria degli Uffizi, Via Palatina, San Carlo alle Quatro Fontane...* — Repetiu: — *San Carlo alle Quatro Fontane.*

Ele disse:

— Falei a sério.

— *San Carlo alle Quatro Fontane.* — Era bom, bom, sentir estas palavras na língua, nos dentes, no céu da boca, nos lábios.

— A sério, ouviste?

Sabendo que tais promessas não teriam seguimento, Genoveva disse:

— Também eu.

Ele:

— Quando?

Ela:

— Mas quem decide és tu... — Uma pequena gargalhada e logo outra. — Vê lá se me convidas durante as aulas...

— Ouve: tens alguma coisa combinada para domingo? — Era este o real motivo do telefonema.

— *San Carlo alle Quatro Fontane* — repetiu Genoveva, como se não tivesse ouvido. — Porquê? Queres ir comigo a Itália no domingo?

— Há quanto tempo não damos uma volta! Poderíamos convidar o Ramiro e a Berenice... Íamos à Arrábida.

— Tem-la visto?

— Berenice? Hoje de manhã. E tu?

— Estive para telefonar-lhe há bocado. Mas sou sempre eu... Ela que telefone!

— Queres...? — insistiu Gabriel.

— Não sei. — O receio de ser vista por alunos, o receio dos comentários.

— Porque dizes que não sabes? Estavas disposta a ir a Itália.

— A Itália era diferente — respondeu Genoveva. A voz trazida pelo fio torna-se irreconhecível aos ouvidos de Gabriel. — A Itália era mentira.

— Não era mentira, era verdade.

SEGUNDO CAPÍTULO

1

O domingo chegara — autêntico parêntese entre doze dias de cansaço. Jaime telefonou a Ramiro, depois a Gabriel, mas não deu com eles. E não estavam no café. Ainda viriam, quem sabe?

Abriu o jornal. Mica. Desperdícios, vende-se quantidade. — Valerá a pena anunciar estas coisas? Não será uma ilusão? — Bidons vendemos cerca de quarenta usados óleo de linhaça. Eczemas e úlceras varicosas. — Aonde teriam ido? Nestes últimos tempos aparecem pouco. — Ferro. Minério de bário. Vidraça. — A tal história de Berenice e de Genoveva? — Excursão a Madrid. É surda? Chegada da província, dezassete anos. — Impossível ir ter com Teodora. Quinze dias se haviam passado e a mãe não parecia desejosa de partir. — Banheira compra-se, rectangular, ferro esmaltado, de 1,65 a 1,85 m. — Dobrou o jornal. «À tarde terás de vir visitá-la, tem paciência, como se fosses o meu noivo».

Conhecera Teodora num dia de chuva. Uma bátega violentíssima surpreendera-o no meio da rua em corpo bem-feito. Acabara de se refugiar numa porta quando ela entrou também, os cabelos molhados, a gabardine molhada, os sapatos em água. Nenhum deles tinha guarda-chuva e foram ficando, prisioneiros do tempo. Meteu conversa, a ver... Era engraçada. Um bocadinho forte, mas ele gostava daquele tipo de carne macia e envolvente, daqueles seios fartos onde poderia esconder a face, daquelas ancas largas e repousantes, daquelas coxas sólidas, mas nervosas.

De início ela não respondeu. Como insistisse (a chave do êxito está em insistir), acabaram por trocar algumas palavras. «Que tarde esta, hem?». Jaime foi tirando algumas conclusões: empregada de balcão numa loja da Baixa. E acessível.

Quando a chuva parou deu-lhe a entender que moravam ambos para o mesmo lado e que podiam ir juntos (a falar verdade toda essa parte fora bastante mal feita). Subiram para o eléctrico. Primeiro, alguns momentos de pé antes que vagasse um banco. Aproveitando os balanços ele deixava o corpo guinar para ela e media-lhe as reacções, que eram nulas. Isso: uma carne envolvente. E quando se sentaram um ao lado do outro, Jaime, valendo-se da passagem duma senhora gorda que o impeliu para dentro, esmagou com o braço o braço de Teodora. Um novo balanço e a experiência repetida: aventuroso, o joelho de Jaime cingiu-se ao dela sem encontrar resistência. Outro balanço e não eram já dois pontos geométricos que se uniam numa tangente envergonhada, mas duas superfícies que se colavam.

Conversaram. Teodora fora ver uma fita muito boa com o Pedro Infante. Fazendo das tripas coração, Jaime disse que também admirava muito o Pedro Infante, mas que ainda não pudera lá ir. Num requinte de gentileza tirou o cigarro dos lábios para falar. «Venha outra vez, já que gosta assim tanto» — propusera-lhe. Ela fazia-se rogada: conheciam-se tão mal!

Não era verdade. As pernas deles já se conheciam bastante bem e, engalfinhadas umas nas outras, secretamente se afagavam.

No dia seguinte fora esperá-la. Tentara apalpar-lhe os seios, mas Teodora fugira com ar ofendido — embora aquele gesto fosse mais discreto do que o estavam a ser nesse momento as pernas. «Não sou uma qualquer» — protestou, sem fugir com o corpo.

Dois meses depois viviam juntos.

Mas como poderia ele preencher aquele domingo sem os amigos, como poderia ele ficar sozinho ali, tão longe dela?

Consultou o relógio. De Ramiro ou de Gabriel, nem vestígios.

Sim, tinham ido à praia com Berenice e Genoveva.

Gabriel:

— Aposto que está morna! — Correu em direcção à água. Havia-se despido atrás duma rocha. Genoveva atrás doutra, dobrara cuidadosamente a roupa interior e escondera-a, colocando-lhe por cima o vestido. Escondera-a... Enquanto corria no encalço de Gabriel, não pôde deixar de sorrir: «Chama-se a isto recato».

Perseguido, ele forçara o passo e era impossível alcançá-lo! E quando enfim se voltou, pousando-lhe os olhos no fato de banho (um fato de banho não tem a intimidade duma combinação), Genoveva fingiu não reparar, mas corou, estúpida e despropositadamente.

— Que vergonha! — disse triunfante, como se tivesse tomado posse do Oceano Pacífico em nome dos reis de Espanha. Vendo-a ruborizada, teve medo de ser mal interpretado. Acrescentou, sem nenhum jeito:

— Não me conseguiste apanhar!

— Vamos também? — propôs Ramiro. O desejo de ver Berenice em fato de banho, a lembrança que não morreu dum pequenino sinal acima do joelho.

Berenice sorriu sem uma palavra. Hesitante, continuava de pé. A areia não estaria húmida? Concluiu que estava seca, descalçou os sapatos e estendeu-se no chão sem tirar o vestido, deitada de bruços, a cabeça erguida, os cotovelos fincados na areia, o busto pesando para a terra. Uma perna dobrada pelo joelho: o pé no ar, para baixo e para cima, descrevendo quarenta e cinco graus da circunferência.

— Permite-se aos homens que vejam uma mulher, não se permite que lhe toquem. Que privilégio é este dos olhos sobre as mãos? Os sentidos não são todos iguais, democraticamente iguais?

— Atirou um seixo lustroso e pequeno à cabeça de Berenice e ela sacudiu os cabelos, receando algum bicho. — É proibido tocar numa mulher. Mas não é proibido vê-la, não é proibido ouvi-la, não é proibido cheirá-la.

— Até certo ponto é proibido vê-la — interrompeu-o Berenice. — As mulheres não andam nuas, que me conste. Nunca leste o tratado sobre a toilette das mulheres, de Tertuliano? «É proibido a uma virgem embelezar-se, cuidar dos cabelos, vestir-se de modo tal que atraia os olhares da juventude, leve os adolescentes a suspirar, acenda neles o fogo impuro da concupiscência e da esperança...» — Sorriu. — S. Cipriano condenava os banhos públicos. «Lado a lado com os homens, vendo o que não deviam ver e permitindo que as vejam, não sabem essas mulheres que estão a desencadear o vício?» — Estendeu o braço na direcção do mar. Genoveva corria e quando a água lhe atingiu a cintura mergulhou numa onda que se erguia muito acima dela. Viram-lhe o rabo, as pernas, os pés, desaparecerem na espuma branca e cinzenta, enquanto Gabriel continuava aos pulos com a água pelos joelhos e a esfregar as mãos uma na outra. — «O teatro é um espectáculo menos vicioso do que os banhos públicos...»

A cabeça de Genoveva reapareceu, reapareceu também o corpo da cintura para cima. Ainda tinha pé e acenava para Gabriel. Não, não. Era para eles, Ramiro e Berenice.

Berenice gesticulara com um braço, mas não se resolvera.

— Às vezes é nestes dias que a água está melhor — lembrou Ramiro.

— Não te prendas por mim.

— Não, não me apetece. — Depois: — Não te despes? Não queres incendiar a concupiscência dos jovens?

— Talvez...

Ele insistiu:

— Lembro-me dum sinal que tinhas acima do joelho...

Berenice puxou um tudo-nada a saia. — Este?

De braços cruzados, Gabriel parecia hesitar. Apanhando-o distraído, Genoveva fustigava-o com água. Mergulhara as duas mãos, feitas duas conchas, no mar escuro, e era implacável. Uma, duas vezes...

— Não, não — pedia ele, batendo em retirada, cheio de frio.

— Que vergonha!

Um esforço de vontade e Gabriel mergulhou. Quando ressurgiu foi para gritar:

— Está formidável!

— Eu não te dizia? — Satisfeita, Genoveva aproximava-se dele, o sorriso nos lábios, os seios pequenos e molhados, os ombros brilhantes cobertos de pequeníssimas gotas de água.

— É curioso, Gabriel. Estivemos aqui há quinze dias, estivemos há um mês, e cinco semanas antes qual de nós acreditaria...?

— Tanto tempo afastados, porquê? E Berenice... Nestes últimos três anos vi-a duas ou três vezes. E ver só, mal nos falámos. Em certos momentos pensei: como foi possível? Dantes conversávamos, éramos amigos... Depois o tempo passa, qualquer coisa se quebra, raras vezes nos vemos e quando nos vemos é para perguntar coisas idiotas: «Que é feito?» Já se sabe que o outro responde sempre: «Nada. E tu?» Nós próprios, Genoveva... Teremos chegado a trocar mil palavras durante estes últimos dois anos?

Ambos de frente para o mar, batidos pelas ondas, dando pequenos saltos, constantemente em busca dum equilíbrio sempre a desaparecer, gritando o mais que podiam:

— Estive em Coimbra...

— Não. Isso era o menos. Cautela — deixaram que uma onda os cobrisse. — Forte, hem? Não, Genoveva. Tão amigos e nem sequer nos escrevíamos... Pensei uma ou duas vezes, mas... Não sei.

— Sim, a amizade é tão frágil! Meia dúzia de meses de separação e tornamo-nos desconhecidos, como se o passado não estivesse atrás de nós...

— Quando vejo gente nova com ar íntimo, com ar de grande amizade, todos muito cheios de confidências, penso: afinal, mais ano, menos ano, e vocês hão-de encontrar-se e nada restará de tudo isso. Fingirão que não se conhecem...

Berenice endireitou-se lentamente. Ramiro:

— Dois anos em que nos ignorámos...

— Estive fora muito tempo.

— Já antes... Éramos tão amigos no passado!

— A ti ainda te encontrei duas ou três vezes, fomos até ao cinema... Mas Gabriel? É tão estranho, Ramiro! No fundo... Nem sabes, sinto-me felicíssima por estar aqui com vocês. — Sacudiu da camisola uns restos de areia. — Sim, tão amigos no passado... Como é possível que nos tenhamos esquecido uns dos outros?

— Não te esqueci, Berenice.

— Talvez não seja a palavra exacta. Mas deixámos de ter..., deixei de ter necessidade de vocês. Lembras-te do outro dia quando nos cruzámos no Chiado? Quis escapar-me, fingir que não vos tinha visto... Lembras-te da gravata que te dei? Disse-te que a trouxera de Itália, que era uma lembrança... Comprei-a em Lisboa. O que será? Inércia, talvez... A quebra dum hábito... Sim, não sinto nenhuma satisfação quando encontro um velho colega... Leio nos olhos dele a alegria por me ter visto, mas eu... Para mim o passado está morto, nunca me interessa revolver as cinzas...

— Gosto de encontrar um velho amigo! — Berenice não o deixou continuar:

— Também eu... Depois sinto-me feliz, tantas vezes... Quis fugir de vocês, mas foi bom tê-los encontrado... Sabes? Geralmente, um velho amigo seguiu por outros caminhos. Só o passado nos prende a ele... E já nada tem a dizer-nos, a não ser uma conversa sobre os tempos do liceu. «Lembras-te de um dia em que etc., etc.?» Pertencem a um mundo sepultado, um mundo que não nos deixaria viver no presente... — Pausa. — Será isso? Com vocês, não. Há entre nós laços que ultrapassam os velhos episódios que vivemos juntos. Não é o passado que nos liga, é o presente. É o futuro!

— Nunca te esqueci, Berenice — repetiu Ramiro. Gostava de encontrar os velhos colegas, gostava de recordar com eles os velhos tempos, mas não se atreveu a abrir uma discussão.

Berenice não continuou. Sentia-se fresca, jovem, feliz. Enchia as mãos de areia, deixando-a depois escorrer por entre os dedos, como se fosse chuva. Vendo-a distraída, Ramiro examinava-lhe o volume sinuoso do decote: o peito excessivo, inesperado e maduro, num contraste súbito com a fragilidade do corpo.

— É o teu melhor amigo? — dirigia os olhos para Gabriel.

— Como saber? — Ramiro estendeu-se também na areia morna, os olhos cheios da frescura de Berenice.

— Não sabes?

— Olha: ele é o amigo que mais estimo, mas eu não sou de modo nenhum o amigo que ele mais estima...

Corajosamente Genoveva deu outro mergulho, voltando depois para junto de Gabriel.

— É o teu melhor amigo? — disse de repente, o nariz na direcção de Ramiro.

— Talvez, não sei — respondeu ele. Há algumas semanas teria dito que era Jaime.

Ramiro insistiu:

— Às vezes via Gabriel a conversar com o Jaime, mas quando me aproximava calavam-se. Isso doía-me... — A mais ninguém teria ousado fazer aquela confissão. — E tu? Genoveva é a tua melhor amiga?

— Não.

— Quem é?

Amigas? Berenice não tinha amigas (e se alguma tinha, essa era, sem dúvida, Genoveva. Mas durante dois anos não haviam trocado uma só carta! Uns simples postais que lhe mandara do estrangeiro, mas que apenas significavam: «Vês? Estou em Lucerna e tu não. Estou em Nuremberg e tu não. Estou em Siena e tu não».) Inventa um nome:

— Susana. É a minha melhor amiga...

— Não a conheço...?

Genoveva tirara a touca. Num segundo, os cabelos compridos e macios caíram-lhe sobre os ombros e esconderam-lhe a nuca.

— Sempre tiveste cabelos bonitos — disse Gabriel. Virando-se e vendo ao longe Berenice, perguntou:

— Continua a ser a tua melhor amiga?

— Foi-o alguma vez? — Arrependeu-se destas palavras. — Não sei...

Berenice:

— Quem havia de pensar há dois meses que estaríamos hoje aqui?

— Qualquer coisa se passou durante esse tempo.

— O quê? — Mirava-o nos olhos, esguia e frágil, transitória e eterna.

Ramiro não respondeu logo e ajeitou melhor os óculos, enquanto as sombras dos arbustos deslizavam alguns milímetros.

— O ano novo! — disse de súbito. Esteve para dizer: «de repente descobri que te amava, que és a mulher mais bela do mundo!».

— Sim, o ano novo! — Pausa. — Eis-nos aqui para que a senhora professora não esteja sozinha com Gabriel... — Ergueu os olhos, mas Ramiro baixara a cabeça. — Parece-te que Gabriel e Genoveva gostam um do outro?

— Essa pergunta não se faz, Berenice... Tu sabes com toda a certeza se Genoveva gosta dele. Eu talvez saiba se ele gosta dela. Não seria uma traição trocarmos impressões sobre o assunto? A não ser que eu contasse a Gabriel o que tu dissesses, e tu...

— Proíbo-te! — Viu atentamente as pernas; não estariam vermelhas, queimadas pelo sol? — Quase meio-dia! — Começaram a andar na direcção dos amigos.

— Devo dizer-te se Gabriel gosta de Genoveva? — brincou Ramiro. — Imagina que apenas se quer divertir... Deverei avisar-te para que a previnas...?

— Seria uma traição.

— Vou traí-lo.

— Sim...

— Gosta dela.

— E há tanto tempo!

— E Genoveva?

— Claro que sim...

— Ele sofre... falei na semana passada com ele... Se eu lhe dissesse, se eu o sossegasse?

— Deixa-o sofrer.

— És cruel, Berenice.

— Deixemos que tudo seja natural, deixemos que as coisas corram simplesmente, porque a beleza está aí, nessa insegurança, nesse sofrimento, nesse combate, nessa aventura... — Ficara sem fôlego, respirou muito fundo.

— Então? — perguntou Genoveva.

— Formidável! Há muito tempo que não tomava um banho assim. — Tinham corrido, sentiam um enorme bem-estar, uma felicidade que não era apenas moral, mas física.

— Que estarão eles a dizer? — Genoveva referia-se a Berenice e a Ramiro.

— Quem sabe? Apaixonaram-se um pelo outro...

— Que ideia! — respondeu Genoveva, sem convicção.

— Mas não achas? — inquiriu Berenice instantes depois. — Não é preferível serem eles a descobrir a verdade?

— Confesso que não sei. Podíamos resolver-lhes o problema.

— Não. — Ergueu a vista para ele, alguns centímetros mais alto do que ela, observou-lhe o cabelo em desalinho, os óculos levemente embaciados.

— Se Gabriel me perguntar dir-lhe-ei que não sei, embora saiba? — tirara os óculos; piscava os olhos, não conseguindo distinguir nem Gabriel nem Genoveva. — Será justo, será próprio dum amigo?

— Sim, sim — insistiu Berenice. Sem óculos, Ramiro parecia outro e, o que era mais, parecia vulnerável, extremamente vulnerável. — O bicho homem não gosta das certezas, a certeza mata o interesse pela vida, tira-lhe a aventura. Que seria de nós se soubéssemos todo o futuro? É o grande erro. Nunca deveríamos dizer a ninguém: «amo-te». Devíamos sempre esconder a palavra, deixar o outro na dúvida... — Os óculos na mão, vulnerável, os olhos nos olhos dela, Ramiro quis saber:

— Gostavas muito do Raul?

— Disse-lho, pelo menos disse-lho... — Sorriu. — Um erro, não foi? — Raul desaparecera sem aviso, sem deixar rasto.

Vulnerável, ele não respondia. Continuava a limpar as lentes.

— Não foi só Raul, creio que o esqueci. É espantoso como podemos esquecer um desgosto tão profundo, não é? — Novo sorriso. — O que eu chorei... Mas há outro, outro mais recente. Ninguém te disse nada? A Itália foi para esquecer. Casou-se sim, mas não foi comigo...

Ramiro conservava-se em silêncio, pusera os óculos, mas nem por isso ficara mais forte e o coração crescia-lhe, sentiu-o enorme no fundo da garganta.

— Casou-se com outra.

A mesma história de Genoveva. Não: a história de toda a gente.

2

— Aqui? A esta hora? — perguntou Berenice, surpreendida. Absorta, pensando em coisíssima nenhuma, não teria dado por César se ele não tivesse dito bons dias, e não ficasse parado no passeio, interrompendo-lhe a passagem.

— Olha a grande admiração!

— Supus que tivesses aulas de manhã. — Pensou: «Porque faltaste ao liceu? Para te encontrares comigo?»

— O professor de matemática está doente. — Pronunciou esta frase em voz baixa; cometera o erro de encarar Berenice olhos nos olhos e sentira, com o desejo doloroso de a beijar, a certeza de que ela lhe adivinhara o pensamento.

— Esperavas por mim? — Sem querer, Berenice descaíra-se com estas palavras, as narinas dilataram-se-lhe, um brilho repentino desceu-lhe sobre os olhos. Tivesse César mais confiança em si mesmo ou fosse outra a sua idade e compreenderia que não era difícil conquistá-la: pegava-lhe num braço, arrastava-a para uma pensão, era-lhe fácil despi-la e despir-se.

— À tua espera, porquê? — foi a única coisa que soube dizer, apreensivo. Sabedor de que Berenice saía de casa por volta das onze horas, resolvera aguardá-la.

— Por nada.

— Não sei por que razão havia de estar à tua espera — insistiu desajeitadamente. Sentia-se nu diante de Berenice, sem ver que ela também estava nua, irremediavelmente nua e envergonhada.

— Acompanhas-me?

— Ia para o outro lado — respondeu ele com orgulho.

Berenice pegou-lhe no braço. — Não vens comigo?

Foram em silêncio até ao cruzamento mais próximo. Esperaram uma aberta para atravessar a rua, atravessaram-na, repetiram o silêncio.

No braço de César, a pressão morna e insistente do busto de Berenice. Desejaria falar, dizer qualquer coisa, fingir que não dava por nada, mas a garganta apertava-se-lhe espessa e insensível, incapaz de articular um único som.

— Sempre acabaste com a Isabel?

— Tens assim tanto interesse em saber?

Berenice não insistiu. Bastava uma palavra sua para que César abandonasse a Isabel, se não para sempre, ao menos por muito tempo. Porque não dizia essa palavra? O espelho: porque havia de a dizer? Observou-o pelo canto dos olhos: alto, bastante alto e forte para a idade; belo, de uma beleza ainda sem consciência, simultaneamente discreta e ofensiva; olhos azuis, cabelos castanhos e pele morena. O desejo de iniciá-lo no amor! Mas poderia ela iniciá-lo, ela que estava por iniciar? Não completamente por iniciar: Berenice e Carlos Alberto estiveram nus, deitados lado a lado, abraçados com força, mas ele não se atrevera a ir mais longe e ela não tivera coragem de pedir-lhe coragem. Uma, duas horas, assim estiveram enlaçados, uma, duas vezes, assim estiveram unidos, beijando-se timidamente, as mãos quietas, apoiadas nos ombros um do outro. Carlos Alberto, que tantas vezes, quando vestido, lhe apalpara o seio, não se atrevera a apalpá-lo nu.

— Para onde ias? — perguntou César, o rosto moreno, os olhos azuis, o cabelo caindo-lhe sobre a testa.

— Sem rumo... — E depois: — As tuas notas vão melhorar neste período?

— Não.

— Faz-te diferença vir por aqui? — Tirara o casaco de lã que levava pelos ombros.

— Sabes que não me faz diferença, sabes que vim de propósito para te ver.

Fitaram-se demoradamente, sem um sorriso, sem uma palavra.

— Estamos a jogar ao sisudo? — Era a voz de Berenice.

César desviou os olhos. Caminhava encostado ao casario, sentiu-se na obrigação de mudar para fora.

— E a Isabel?

— Não, não tenho estado com a Isabel. — Pausa. — Podes corrigir o meu exercício de inglês? Não, não vale a pena... — sorriu ambiguamente. — Digo à professora que não fiz...

— E ela?

— Não se atreve... Faço o que quero...

— Apaixonada por ti? — replicou Berenice com o ar mais natural deste mundo, facilitando-lhe a prosápia.

César encolheu os ombros. — Ela é parva — disse com desprezo. — Nem sequer lê o jornal todos os dias. É essencial, não achas?, ler o jornal todos os dias. Eu leio. O homem consciente tem a obrigação de se informar sobre o que vai pelo mundo.

«Dezassete anos» — pensou Berenice.

— É inacreditável... Não é só ela. Muitos colegas meus... Não fazes ideia... O desinteresse... Precisamos de ler o jornal todos os dias, saber o que se passa, ter consciência...

A quem ouvira ele aquelas palavras?

— Tu lês? — perguntou César, de repente.

— O jornal? Não.

— Estás a brincar...

Quando chegaram ao Saldanha, César lembrou-se:

— Sabes que no século XVII ficava mais caro comprar um vidro com dois metros quadrados do que comprar hoje um *Rolls Royce*? — Não esperou pela resposta de Berenice. — Inacreditável, hem? Há coisas espantosas! Os Gregos já tinham descoberto a máquina a vapor, que só no século XVII, isto é, XVIII... Não é? — Abriu uma pausa: — Li ontem que os maori têm um provérbio muito engraçado... — Tirara do bolso um livro de apontamentos e passava-o página a página. — Não me lembra bem... Deixa ver... Aqui está: «Quando um homem é muito belo as mulheres fogem dele, mas se a mulher é muito feia todos os homens a desejam».

— Apontas muitas coisas nesse caderno? — perguntou Berenice, ajeitando os cabelos, indiferente à sabedoria dos maori.

— Muitas. — Continuava a folheá-lo, agora para trás. — Ouve esta frase: «Riam-se, meus amigos, acabou-se a comédia!» Sabes de quem é? Beethoven, momentos antes de morrer. E esta: «O coração tem razões que a razão não compreende».

— Posso ver o teu caderninho?

— Ouve isto: «Se conseguíssemos comprimir um homem, podíamos reduzi-lo a um grão de areia e ele não deixava de pesar o mesmo»...

— Tens alguma coisa escrita por ti?

— Tenho.

— Mostras-me?

— Não. — E depois: — Talvez venha a ser escritor, ainda não decidi. Ontem à noite comecei a ler a *Ana Karenina*. Chateia-me. Não percebo tanta fama. Sou capaz de fazer melhor... — Metera o caderno no bolso.

Berenice receou que ele se calasse, sentiu o desejo súbito de o acompanhar, de lhe dizer também coisas espantosas, de ter dezassete anos:

— Uma outra frase muito boa é esta... — Que frase diria? «Querer é poder», «Cheguei, vi e venci», «Uma alma sã em corpo são»? — Desistiu. — E a Isabel? — voltou a repetir.

— É estúpida. Não lê...

— Como passas o tempo, César?

— Aborreço-me. As aulas, estudar para as aulas... Fico chumbado, não chego mesmo a ir a exame. Não digas a ninguém, a minha família julga que tive notas positivas no primeiro período...

— Um pequeno esforço... Ainda estás a tempo... — disse ela o melhor que lhe foi possível, porque tinha pouca habilidade para dar conselhos.

— O ano está perdido... Sim, talvez ainda conseguisse salvar o ano... Mas não posso...

— Já pegaste nas mãos da Isabel? — perguntou inesperadamente Berenice.

— Já... — Arrependeu-se. — Não são bonitas aquelas árvores? — Apontava para os jacarandás no começo da floração. — Não, nunca peguei nas mãos dela. Só quando a cumprimento.

— A Isabel não deixa?

— Deixa... Sabes, Berenice? No outro dia fomos ao aeroporto. Ficámos a ver os aviões. Havia muito vento, um frio terrível. A Isabel queixara-se de que tinha as mãos geladas e resolvemos apanhar que o autocarro. Já estávamos sentados. Toquei-lhe nas mãos, continuavam frias. Fiz isto sem pensar em... Mas era bom tocar nelas, comecei a sentir prazer. «Vês? Já estão mais quentes» — disse-lhe eu. Tive vergonha e fui sincero, meio sincero, meio mentiroso. «É um pretexto para te prender as mãos» — disse-lhe e tentei segurá-las. «Falhaste» — respondeu ela, tirando-as a tempo. Faltou-me a coragem. Foi o que respondi: «Não tive coragem...» A Isabel riu-se. Pôs as mãos debaixo dos braços. «Assim não vale — disse eu. — Estás a escondê-las? Para a outra vez será...» Olha...

Apontava para o chão.

— Ali...

— O quê?

César apanhou uma moeda de cinco tostões.

— Que sorte! — Virara a moeda. — Tem graça! É de Cabo Verde!

— Mostra... — Berenice examinava-a com atenção. — Que estranho...! — Devolveu-lha.

— Mais tarde ela disse: «Está frio...» Eu brinquei: «Posso pensar que as tuas palavras são um convite para que te agarre as mãos...» Ela corou.

— Não lhe pegaste ao menos num braço?

— No autocarro vamos com os braços juntos, eu tenho consciência, ela tem consciência... Ou não terá?

— Com certeza — respondeu Berenice, encostando-se a ele.

— Um dia destes — continuou César, sentindo-lhe o ombro (estaria Berenice a dar por isso?) — ela quis ajudar-me, mas não tive coragem. Debruçou-se para mim e disse: «Não queres que esconda as mãos?». Não se atrevia a pegar nas minhas, mas procurava auxiliar-me.

— Amanhã quando a cumprimentares aperta-lhe a mão, não lha largues durante muito tempo...

— Não sei o que sucedeu. Na manhã seguinte zangámo-nos. Uma coisa sem importância. Quando tornei a vê-la trazia as luvas calçadas. Conversámos com frieza. Depois tirou-as no eléctrico. Disse-lhe: «E se eu quisesse...?» «Não queres», respondeu Isabel. Tentei, mas fugiu. Ainda tive a coragem de dizer: «Mas tu tiraste as luvas porque desejavas...»

3

Foram duas ou três vezes à pensão. Aborrecido, expulso da sua própria casa, Jaime impacientava-se: «Quando se vai embora, a tua mãe?» Teodora prometia: «Depois de te conhecer». Mas nem mesmo assim ele cedeu. Adiando sempre a visita para o dia seguinte, telefonava depois a dizer que não podia.

Teodora só conseguiu vencê-lo quando se recusou firmemente a acompanhá-lo. Que não ia, que tinha vergonha.

Promovida à condição de mulher possuidora de um lar — legítimo ou não pouco importava —, Teodora adquirira a pouco e pouco a escala infinita dos preconceitos burgueses. «Parecia mal» ir a uma pensão.

Jaime oferecera-lhe, pelo aniversário, umas meias sem costura, que ela nunca chegara a calçar. «Julgarão que ando com as pernas ao léu...» «Parecia mal» não usar meias, começou a parecer mal encostarem as pernas nas viagens de autocarro. Esse movimento acentuara-se no cinema quando Jaime quis passar-lhe o braço à volta dos ombros. «Olha que podem reparar», dissera Teodora. E a rede cada vez mais apertada de coisas proibidas esganava-o lentamente. Só a plateia não parecia mal e a segunda classe do comboio para Carcavelos era inadmissível, como a própria Carcavelos, que teve de ser substituída pelo Estoril, desse modo se acabando os dias de praia, pois — era a opinião de Jaime — tudo menos o Estoril; antes ficar em casa! Agora, enquanto a mãe estivesse em Lisboa, não poderia gozar aquele corpo forte mas viçoso, denso mas elástico.

— Se eu visitar a tua mãezinha virás comigo à pensão?

Ia ver.

— Não — disse Jaime. — Vens ou não vens?

«Parecia mal», mas Teodora acabou por concordar. De resto, descobriu outra saída: encontrarem-se no quarto da senhoria. «Sempre era mais decente», esclareceu.

Uma velhota muito fresca para a idade e tão cheia de desembaraço que Jaime suspeitou de que vivera sempre em Lisboa. Simpatizara com ele e quis saber quando se casavam, se faltava muito. «Quando a senhora se puser a andar», apeteceu-lhe responder, mas sorriu o melhor que pôde: «Quando aumentarem os ordenados...», disse. Aquele género de conversas vinha mesmo a propósito... Sorria, dizia que sim, voltava a sorrir. Ouvindo-a desejar que a filha fosse vestida de branco (sempre era outra coisa, tinha outra decência), Jaime descobria em si alguns cromossomas do homem de Neanderthal. Dizia que sim, sorria, voltava a dizer que sim. Ah, se pudesse matá-la! Com os olhos implorava o auxílio de Teodora, mas Teodora não queria saber. Entretinha-se a arranjar o café com um ar tímido e cerimonioso — sob os olhos atentos da mãe, sempre receosa de que a filha cometesse alguma falta.

— Era muito bonito se o casamento fosse em Azenhas. Sempre é a terra onde ela nasceu, não acha? Tinha outra decência, assim toda a gente sabia que Teodora se casara a sério... Com o casamento em Lisboa há sempre os mal-intencionados que nunca acreditam...! Não te esqueces dos guardanapos, pois não, minha filha?

Na insistência com que empregava a palavra decência, no receio de que os guardanapos fossem esquecidos, Jaime reconheceu o fundo hereditário dos constantes «parece mal» de Teodora. Tinha a opinião de que o namoro não devia durar muito. «Namoros prolongados não levam a nada, só servem para que se digam coisas». Era preciso fugir às bocas do mundo. Os tempos estavam cada vez mais difíceis, havia muito vício, e então em Lisboa...! Mãe extremosa, confessou-lhe que nunca gostara da vinda da filha para a cidade, mas que a vida...

Ao fim e ao cabo, ele escapou-se. Porém, em vez de sair de casa foi para a cozinha (o quarto da senhoria estava ocupado). Além do fogão, do armário e do lava-louças (tudo com um aspecto bastante sujo), havia ali três bancos e uma pequena mesa de passar a ferro. Enquanto esperava, cheio de frio, pôs-se à procura de uma ideia luminosa: como poderiam deitar-se?

Desarmou a tábua de engomar — uma destas mesas convertíveis de pernas cruzadas — e pô-la no chão, mas a tábua era muito estreita para os dois (ainda que deitados um sobre o outro). Finalmente, após meia hora de espera, Teodora apareceu.

— Não posso demorar-me, querido — avisou. — Fingi que fui à retrete, a mãezinha quis saber aonde é que eu ia.

Jaime não se conteve e respondeu com um palavrão.

— Querido! — insurgiu-se ela, indignada. — Parece mal... Essas coisas não se dizem.

— Fazem-se — replicou ele, ampliando a grosseria.

Juntaram os bancos e Jaime pôs-se a beijá-la e a meter-lhe as mãos debaixo do vestido.

— Não tenho quase dinheiro nenhum.

Ele afrouxou o abraço em que a prendia, retorquiu-lhe com uma pergunta:

— É então desta vez que a tua mãe se vai embora?

— Não sei... Julgas que não me agrada tê-la cá? Pelo menos é uma companhia ao serão. — Sem a ouvir, Jaime beijava-lhe os ombros. — Passo o dia fora de casa e à noite, quando chego, tu fazes-me alguma companhia? — Esperara pela resposta, mas como não viesse, continuou: — Apresentaste-me aos teus amigos? Levas-me a passear com eles? — Os olhos de Jaime passaram pela tábua de engomar, estendida no chão, estreita e inóspita. — Como sou mulher pensas que é natural ficar sozinha em casa. Mas não vês que eu também preciso de sair, de sair contigo, de conversar? Não, não era mesmo preciso ser eu a conversar, bastava-me ouvir-vos, sentir que de vez em quando um de vocês olhava para mim e me dizia qualquer coisa...

— Conheces tanta gente...

— As minhas colegas? Elas não saem à noite, ficam em casa com os maridos ou com os pais... Além disso não me interessam.

— Que posso eu fazer?

— Ajudar-me...

Bateram à porta.

— Quem será? — murmurou ela, erguendo-se num pulo, compondo a saia, apertando a blusa.

— Desculpem, sim? — A dona da casa. — Esqueci-me do meu chazinho... Não queria incomodá-los, mas já era tarde...

— Esqueceu-se de quê? — Teodora abriu a porta e, cheia de curiosidade, a cabeça da senhora dona Miquelina apareceu, deteve--se em Jaime a estudar-lhe a compostura e desviou-se para a tábua de engomar.

— É o meu chá — repetiu. — Não posso passar sem ele, sofro muito de prisão de ventre...

Dirigira-se ao fogão com um passinho miúdo e muitos sorrisos.

— Um chá digestivo. — Acendeu um fósforo, abriu o gás. — É um instante... A mãezinha está a dormir? — disse num tom de confidência.

— Pois está — respondeu Teodora.

— É só amornar... — Insistiu: — Enfim, não consigo passar sem ele.

— Habituou-se... — Teodora estava de pé numa atitude amável, em perfeito contraste com o aspecto de Jaime.

— Eu que o diga, a gente acostuma-se, que se há-de fazer?

Saiu.

— Não posso demorar-me mais — lastimou-se Teodora, consultando o relógio.

— Seja! — Jaime dirigiu-se para a porta.

— Não, não podemos sair juntos...

— Seja!

— Querido! — disse ela. — Já hoje não paguei o leite...

Sem uma palavra ele deu-lhe cem escudos.

4

— Falemos da Lua.

— Falemos dos homens.

— Não. Falemos da Lua, é mais fácil...

Os olhos de Genoveva transpuseram a janela e ficaram presos ao recorte nítido em quarto crescente de uma Lua baça. Conversavam desde as onze e o relógio da sala contou as duas horas da madrugada. Momentos antes a mãe dissera-lhe: «Genoveva! Quando deixas o telefone?»

Numa voz serena, Gabriel começara:

— Um dia a Lua foi arrancada à Terra e ficou lá em cima. Ficou a girar em torno de nós, mas uma saudade infinita meteu-se-lhe no coração. Triste, ela quis regressar à pátria donde partira. Decidiu aproximar-se, aproximar-se...

— Dize...

— Os astrónomos referem-se à acção da gravidade, mas não é exacto. — Ajeitou o colarinho. — São as saudades, as saudades da Terra onde nasceu. Só o orgulho a impede de se aproximar mais.

Genoveva tinha os olhos postos na Lua. Ele, porém, que da Lua falava, não a via — a imagem serena de Genoveva prendera-se-lhe nas pupilas escuras.

— Entre o orgulho e a saudade, a Lua hesita. Acercar-se-á cada vez mais, e um dia ficará feita em pedaços, o coração destroçado. Ficará reduzida a poeira, um anel em torno da Terra. Foi o que sucedeu com Saturno, não sabias? Saturno também tinha uma Lua, mas ela chegou-se tanto a ele que ficou pulverizada. Os livros responsabilizam as forças contrárias do Sol e da Terra... Mas não é verdade. Dentro de milhões de anos em vez da Lua teremos um anel constantemente a brilhar nas alturas. Um anel, uma aliança entre o céu e a terra.

— Será bonito. Olhar para cima e ver essa poalha de oiro sobre as nossas cabeças... — Imaginou-se de braço dado com ele, vistos de costas, no alto duma montanha.

— Compreendes, Genoveva? Estamos a falar dos homens. Nesse dia teremos o casamento do céu e da terra, e os homens felizes...

— Primeiro será necessário que cheguem à Lua.

— O dia está perto...

Não respondeu.

— Boa noite — disse Gabriel.

Cheia de pânico, Genoveva quis prolongar a conversa. O medo, o medo terrível e súbito de ficar só!

— Não se falará mais das noites de luar, a Lua deixa de ser confidente dos apaixonados... Os poetas nem mesmo pedirão que a Lua se apague. — Dizia estas palavras a sério, perturbada, mas Gabriel não percebeu.

— «Lâmpada dos cães e dos poetas magros» — murmurou. — Cantarão a aliança do céu e da terra...

— Boa noite, Gabriel!

— Boa noite, Genoveva!

TERCEIRO CAPÍTULO

1

O primeiro a chegar foi Gabriel. Viera a pé, vagarosamente descera a avenida de árvores desfolhadas. Pedira uma bica — o jornal aberto diante dos olhos. «Francês, inglês, italiano, ensina-se em quinze dias. Pague o que puder». Gargalhadas, repetidas, desagradáveis, desviaram-lhe a atenção. Um rapaz dos seus vinte e cinco anos, fato azul, lenço branco ao peito, camisa estampada e gravata vermelha com uma bailarina voluptuosa e nua abaixo do nó, o cabelo lustroso e compacto do fixador, a poupa muito bem feita à frente, dirigia-se para uns colegas, que riam a bandeiras despregadas; puxavam-se uns aos outros pelas mangas dos casacos, batiam as palmas, tinham gritos desencontrados. Mesmo de longe ele atirou a gabardine à cara do mais novo. «Não, não sejas chato, pá», disse este, arremessando-a ao chão.

Gabriel encolheu-se. «Será que pertenço ao mesmo género biológico, à mesma espécie? Não existe qualquer diferença entre eles e eu?» Corara sem querer. Uma estranha vergonha pelos outros assaltava-o, essa mesma vergonha que tantas vezes no cinema, em face do riso idiota do público, o assaltava também.

A seguir chegou Jaime. Pediu-lhe a folha interior do jornal e principiou a ler. Nada havia que lhe interessasse.

— Qualquer coisa se passa connosco. Dir-se-á que não somos amigos como éramos — começou, pousando o jornal.

— Não vejo porquê — respondeu Gabriel. Mas tinha a noção de que mentia, de que na verdade se passava qualquer coisa.

— Encontramo-nos menos, já não é todos os dias... Nem sempre apareces... E Ramiro também não. Que fazes agora no tempo que destinavas a vir aqui? Encontras-te com a Genoveva?

— Não... Por volta das dez e meia telefono-lhe... E entretanto fico a ler.

— Não tomas café?

— Vou à leitaria da esquina e levo um livro. Isto aqui fica longe, compreendes? Porque não passas por lá?

— Às vezes penso que os amigos substituem as namoradas. Conversa-se com eles quando elas não existem, mas mal aparecem... Lembras-te do Ernesto? Depois casam-se e então regressam aos amigos...

— Talvez... Por mim não sei conversar duas vezes sobre o mesmo assunto. Pelo menos quando me refiro a qualquer coisa que me diga respeito, refiro-me só uma vez. Sabes? Guardo para Genoveva as coisas importantes... — Sorriu. — Podia guardar para ti o privilégio de falar dela, não é?

— Preferes o Ramiro...

— Pois. Prefiro o Ramiro porque ele me fala da Berenice. Falaste-me tu alguma vez da Teodora? — Hesitou. — Temos sempre de falar da mulher amada. A quem falas tu da Teodora? Bom, é certo: tu não gostas dela...

— Porque afirmas que não gosto dela?

— Não sei...

— Ah, não sabes...! Dizes isso porque a Teodora tem um passado, não é?

— Digo isto porque... — Encolheu os ombros. — Não sei explicar...

— É pá, não sejas chato! — gritou o rapaz que atirara a gabardine ao chão. Os amigos riam-se, punham as mãos na barriga, dobravam-se para trás, divertidíssimos.

— Que fauna! — disse Gabriel entre dentes.

O dono da gabardine deu uma palmada nas costas do colega. Voltaram a rir-se e por fim, num gesto mais largo, desajeitadamente, um deles entornou um copo sobre o outro.

— Estás a ver, pá! — respondeu este, levantando-se todo molhado e dizendo um palavrão.

Mal disposto, quase doente, Gabriel virou-lhes as costas.

— Não deixam de existir pelo facto de não os veres.

— Boa noite — saudou-os Ramiro. Estendeu a mão a um e a outro. — A saúde?

Jaime, sem lhe responder:

— Dizia eu que ninguém consegue pôr os olhos em vocês... Costumas encontrar-te à noite com a Berenice?

— Porquê?

— Não apareces...

— E é uma razão para me encontrar com ela?

— Até certo ponto... Porque então como se explica a tua ausência? — Ramiro encolheu os ombros e Jaime prosseguiu: — Gabriel, compreende-se... Mas tu... Porque mudaste de hábitos?

— Lembra-te do Costa Soares. Dum dia para o outro deixou de aparecer... Mudara de amigos, pusera um ponto final na convivência connosco.

— Percebo...

— Não. Não cortei contigo... E a prova é que vim...

— Telefonei-te de propósito, não estarias aqui se eu não tivesse telefonado...

Nesse momento trouxeram o café. E antes que Ramiro pegasse no açucareiro, Jaime apressou-se:

— Duas colheres? Três? — Ficaram um instante em silêncio.

Ramiro, comovido:

— Sabes que gosto de Berenice, sabes que nada existe ainda e que talvez nada venha a existir entre mim e ela... Sabes, de facto?

— Sei.

— É isso mesmo, Jaime... É isso mesmo... Custa-me conversar contigo, porque nada existe ainda... — Pausa. Levou a chávena à boca. — Sinto-me humilhado, compreendes? Prefiro não te ver, não falar do assunto...

— Mas com Gabriel...?

— É diferente, Gabriel é meu parceiro nesta aventura... — Sorriu. — Tens dúvidas acerca da minha amizade? Dir-te-ia isto se não fosse teu amigo?

— A amizade tem altos e baixos — interveio Gabriel, até ali simples ouvinte. — Nem é bem isso... Embora amigos de certas pessoas, há momentos, há mesmo temporadas em que o convívio com essas pessoas nos desinteressa.

— Sim — condescendeu Ramiro. — Não é de ti que preciso neste momento... Neste momento Gabriel pode compreender-me melhor... Ele não está de fora quando lhe falo do que me sucede. Tu estás de fora. Percebes, percebes que isto nada tem a ver com a amizade?

— Não é de mim que precisas... Mas quiseste saber se eu preciso de ti?

— A sério?

Jaime respirou fundo, vagamente distraído.

— Antes de chegares Gabriel queixou-se de que eu nunca falava da Teodora...

— Não foi bem uma queixa...

— Não faz mal, não é isso. Mas porque não falo dela? Vocês tinham interesse em ouvir? Mostraram-se curiosos ou evitaram sempre as conversas sobre o assunto para não se sentirem responsáveis pelo meu «disparate»?

— Nunca te proibimos nada e tu referiste-te a ela muitas vezes. Só deixaste de falar depois, quando vocês começaram a viver juntos, quando a vossa vida se estabilizou...

— Para ti eu portava-me como um idiota.

— Como um idiota não é bem. Eu dizia e digo: poderás ser feliz com uma mulher que não sabe falar do que te interessa? Isto apenas: de que falam vocês?

— De que falamos nós? As palavras são precisas para a amizade... Serão precisas para o amor? Conversar, conversaria convosco. Estive para ir ter com a Berenice ou a Genoveva e apresentá-las à Teodora. Eis Teodora, diria eu. A vida dela, antes de a conhecer, foi esta assim e assado. Amamo-nos e vivemos juntos. Amamo-nos e somos livres. Se um dia ela gostar doutro é livre e poderá ir ter com o outro. Estão a ver a cena? A Berenice e a Genoveva caíam nos braços dela, invejavam-na. Uma heroína, uma mulher de princípios, uma mulher acima dos preconceitos!!! Não. A Teodora não é essa mulher. A Teodora não pôde ser essa mulher. Não foi por amor que se entregou aos outros homens, não foi para salvar um irmãozinho doente ou um pai moribundo. Não foi mesmo por vício ou revolta contra o mundo burguês. Foi por uma coisa bem mais importante, foi por dinheiro. E nem foi até por muito dinheiro, algum dinheiro apenas... Como não tinha alma de santa não se sacrificou à consciência dos outros. O trabalho na loja dava para comer, daria mesmo para se arranjar modestamente. Mas não dava para vestir coisas caras. Quando a morte viesse de que teria valido o sacrifício à consciência dos outros? Teodora não nascera para heroína, não conhece os livros onde se cantam os grandes ideais. Teodora escolheu o caminho mais fácil. Quem é que demonstrou que o caminho mais difícil é o melhor? Não, meus queridos amigos. Vocês e a Berenice e a Genoveva estariam dispostos a cultivar a amizade da Teodora se a Teodora fosse capaz de fazer um discurso sobre a Liberdade. Mas a Teodora não sabe fazer discursos.

— Sabes tu...

— Não sabe mesmo que é necessário fazer discursos. — Levantou-se, despediu-se dos amigos, estendeu a mão para o sobretudo.

— Espera, Jaime. Ouve... Tu gostas dela, tu gostas verdadeiramente dela?

— Não — respondeu, voltando a sentar-se.

2

Sentara-se ao volante do *M. G.* Como seria bom ter ali a presença de Ramiro, poderem conversar os dois! Mas no instante preciso em que ligava o motor e com o canto dos olhos descobrira no assento do lado não o amigo mas a gabardine azul que acabara de tirar (estendida no banco dir-se-ia o vulto de Ramiro que nela se embrulhava), Berenice viu na sua frente o corpo vigoroso, a face morena de César.

— Em Cascais?

— Emprestaram-me esta *Vespa*, e estou aqui a visitar-te.

Berenice esquecera-se de Ramiro, esquecera-se das palavras que lhe ouvira ontem. Olhava para César e sentia-se bem a olhar para ele.

— Já pegaste nas mãos de Isabel?

— Foi ela que pegou nas minhas — dobrava-se sobre o pára-brisas, apoiando um cotovelo no volante, perto, muito perto das mãos de Berenice.

— Mas não interessa — acrescentara, com força, sem desviar os olhos, como se fosse outro homem.

— Então adeus. — Palavras inesperadas, cheias de frieza, uma frieza incompatível com o joelho desnudo, claro e macio que César via aparecer sob a saia curta e travada.

Essa frieza, esse fogo, encheram-no duma coragem súbita e perigosa. Aquele joelho, luminoso no contraste com a saia preta, aquele colar de duas voltas que o calor do busto incendiava, ganharam-lhe o espírito. Num gesto rápido quis arrancar a chave do automóvel, mas falhou. O olhar feroz de César, o olhar sorridente de Berenice cruzaram-se. Ela percebera. Interpôs um ombro, a mão de César caiu-lhe brusca e pesada ao longo do peito, quebrou-lhe o colar, que pedra a pedra desceu sobre a saia faiscando ao sol. O pé no acelerador... O carro partiu a grande velocidade e César mal teve tempo de fugir, sugado pelo turbilhão de vento que bruscamente se desencadeara. Mas esse gesto de Berenice, a brancura daquele joelho, o volume daquele seio, a resistência do colar que se partira — tudo isso lhe abriu uma raiva que era também um desejo. Correu rapidamente para a *Vespa*, carregou duas vezes no pedal, e lá foi à procura de Berenice, que desaparecera na estrada tortuosa e estreita da Boca do Inferno.

Brilhando num fundo castanho de pedra e de musgo, a mancha do carro surgiu e imediatamente se perdeu. Um pouco mais de velocidade! Berenice esteve tentada a meter pela estrada interior e voltar a Cascais. Não. Fincando bem as mãos no volante, continuou a direito pelo caminho que se abria à sua frente. Porquê?

Cem quilómetros à hora, o vento frio na face, o sol de Inverno na cabeça, entre pinheiros baixos, areia, rocha e mar. E casas e castelos e curvas largas, ao fim das quais, lá muito longe, o cabo imenso disparava direito à América, escorregando com suavidade e imponência do alto da Peninha.

A *Vespa* de César ninguém lha cedeu, roubou-a. «E se eu desse uma volta?», dissera ao vê-la com a chave na fechadura. Ah, e se fosse visitar Berenice a Cascais?

À esquerda, o mar azul-cobalto aproximava-se da terra, esbranquiçado, paralelo e infinito. Berenice deixou ficar para trás o «Muxaxo» e, sob o fogo da areia, inconsciente e ansiosa, desceu sem travar a estrada aberta à sua frente, sem travar mergulhou na pontezinha escura e húmida que lhe apareceu sombreada de verde e sentiu a superfície vermelha do *capot* aspirá-la irresistivelmente pela subida cinzenta. «Talvez venha a esquecer esta corrida, mas César jamais a esquecerá». Este pensamento afligiu-a. Era tão estranha aquela situação que esquecê-la só poderia significar ter-se a sua vida tornado uma aventura sem fim. Não, Berenice também nunca deixaria desaparecer da memória o que estava a passar-se. Mas para ele era diferente: para ele era um mundo novo.

Sim, um mundo novo. Alguma vez se imaginara capaz daquele gesto? Pudera supor que numa *Vespa* roubada havia de correr atrás de Berenice?

Mas agora: vai ela subir para o Cabo da Roca ou escolher a estrada da Malveira e regressar a Cascais? Outro impulso dominara César. Ultrapassou perigosamente Berenice — as rodas na valeta, o volante aos pulos — e foi cortar-lhe a fuga para o lado da Malveira. Berenice desviara-se a tempo, prevendo a manobra. Com um ranger de pneus virou à esquerda, deslizou os olhos pelas mulheres que estavam na fonte e descreveu apertadamente a curva, tomando balanço para subir. César, que havia parado, arrancou de novo em perseguição de Berenice.

Entraram numa estrada difícil sem que Berenice mostrasse intenções de afrouxar. Uma manobra mal feita, e a morte estaria lá em baixo, no fundo das ravinas ou no oceano azul e branco que afogava as rochas. César tentou ultrapassá-la, mas Berenice proibia-lhe o caminho, o automóvel ziguezagueava na estrada estreita. Em sentido contrário vinha um carro e só no último momento — sob o peso de duas ou três grosserias — Berenice recolhera à sua mão, evitando sempre a fuga de César. Os pneus chiavam nas curvas, o vento frio abria-lhe a cabeça, mas ela não levantava o pé do acelerador.

Aflito, César começou a travar. As derrapagens sucessivas do carro de Berenice encheram-no de pânico, a suspeita de que ela fugia para a morte paralisava-o.

Berenice deteve-se. Abandonou o carro e correu pela encosta verde acima. César seguiu-a sem pressas inúteis. De sapatos altos e saia travada ela acabaria por cair.

Não caiu. Estacou. Olhava para ele ou para o mar, lá em baixo, um mar empastado de milhares de manchas brancas e minúsculas que se afundavam agora e reapareciam depois à frente ou atrás.

César avançou devagar e admirava-lhe as pernas muito claras, entre os sapatos pretos e a saia preta, os cabelos loiros batidos pelo vento, a linha inesperada do seio enfunando-lhe a camisola.

Ela:

— Vinhas aí? Se soubesse tinha-te trazido no meu carro...

— Roubei a *Vespa* para te perseguir...

Berenice não respondeu, os cabelos ao vento, os olhos virados para o oceano.

— Posso pegar na tua mão?

— Podes.

Esperara uma recusa e sentia-se preparado para combater, para tomar à força a mão de Berenice. O assentimento dela desarmava-o. Sorriu, indeciso. Torturado, murmurou:

— Não me interessa... Julgavas que me interessava? — Mas era mais difícil pronunciar estas palavras do que estender-lhe ousadamente as mãos.

— Não te interessa? — retorquiu ela, sentando-se apreensiva. Mostrou-lhe as palmas abertas. — Não me queres ler a sina?

— Não sei... — Aproximara-se. — Qual é a linha da vida?

— Esta... — respondeu Berenice, apontando com um dedo.

— E a linha do coração?

— Esta.

— E a da cabeça?

— Esta.

— A linha da cabeça é maior do que a do coração, não é?

— Parece que sim... Deixas-me ver as tuas?

— Não.

— Porquê? — Pausa. — Ouve... Nunca jogaste ao sape-gato? Queres experimentar?

— Não.

Berenice desistiu. De novo desviara os olhos para o oceano verde e branco.

— Poderia pegar na tua mão, Berenice. Não pego porque sou teu amigo...

— Que pretendes dizer?

— Gostaria de pegar nas tuas mãos, mas... É difícil explicar-te... Ouve: não haveria pureza da minha parte se pegasse nas tuas mãos, entendes? Se soubesses como os meus pensamentos são sujos... — Dizia a custo estas palavras, incapaz de a encarar. — Sou indigno da tua confiança... Indigno, indigno...

— Indigno porque te daria prazer, indigno porque o prazer é um pecado? Ah, César! — Hesitava. Abraçá-lo ternamente e explicar-lhe que nenhum mal havia, que tudo isso era bom e era puro? Não fazer nada ou dizer apenas palavras? Decisão difícil: Berenice, não ignorava que abraçá-lo podia ser pior do que não o abraçar. Essa ideia perturbou-a: «Porque julgo eu que poderia ser pior? Pensarei que ele associará por força o meu abraço a um sentimento de culpa?» Desejava libertá-lo dessa ideia, mas seria possível libertar alguém dessa ideia, libertou-se ela própria dessa ideia? Lembrara-se da frase de Ramiro: «Não é pecado ver ou ouvir uma mulher. Mas tocar-lhe...»

— Importas-te que eu pegue nas tuas mãos, Berenice, impuro como sou?

— Mas tu não és impuro, César!

— Importas-te?

— São tuas... — César pega-lhe timidamente nas mãos, acaricia-as com leveza, uma, duas vezes.

— Não olhes para mim — pede. — Deixas que eu as beije?

— São tuas, César...

Beija-as uma, duas vezes.

— São horas de voltarmos — acrescenta, de repente.

— Se assim quiseres... — Encaminharam-se em silêncio para a estrada. — E a *Vespa*? É verdade que a roubaste?

— É.

— E agora? O melhor será deixá-la aí. Vem comigo. Se fores nela são capazes de te prender...

Não. Tinha a obrigação de a pôr no mesmo sítio de onde a tirara.

— Mas avisamos o dono, dizemos-lhe onde está, mandamos-lhe dinheiro para o transporte...

Nenhum argumento pôde convencê-lo. E foi apanhado em Algés. Apanhado e preso.

3

César não chegara a passar a noite na esquadra. Dado o alarme, a família e os amigos da família haviam-se mexido e pelas duas horas da manhã estava livre. Aliviado, subitamente feliz, como se tivesse saído dum pesadelo?

Ao chegar a casa a mãe não o repreendeu. Era mais baixa do que ele e abraçou-o, soluçando-lhe sobre o peito. Ele apertara-a com força, sentira as lágrimas nos olhos, mas apenas dissera: «boas noites».

No quarto para onde rapidamente fugira abriu a janela, lembrou-se de Berenice, da história da *Vespa*, da maneira como os polícias o trataram por tu. Quando deu por si pensava: «Tenho o ano perdido...» Se começasse agora? Se abrisse um daqueles livros que estavam sobre a escrivaninha...? O silêncio da mãe, as palavras do tio: «Precisas de ganhar juízo, César. Não é que eu também não fosse como tu. Estudava pouco... Mas no momento preciso fazia um esforço...

O quinto ano é o pior, acredita... O sexto e o sétimo serão diferentes. Lembro-me: só de me ver no terceiro ciclo sentia-me feliz, era quase como estar na Faculdade... Um pequeno esforço, César...» Mas como não compreendiam eles ser impossível esse pequeno esforço? Ah, antes ficar reprovado, antes morrer...!

— Isabel! Tenho o ano perdido — disse-lhe no dia seguinte, bruscamente.

— Paciência — respondeu ela, tímida. — Não penses mais nisso. — Pegara-lhe no braço com muita ternura e fixava-lhe atentamente o rosto.

— Quando te conheci andavas a par comigo. Agora ficas dois anos à minha frente...

Isabel quis dizer: «Também ficarei reprovada para não te deixar...» Não teve coragem. Apenas:

— Que importância tem isso?

César sacudiu o braço que Isabel lhe oferecia.

— Não quero auxílio. Sinto-me bem só. — Isabel não sabia que responder. — Não posso continuar a ver-te... Tu passas, eu fico reprovado... Isso humilha-me, sabes?

«Se eu perdesse o ano para te fazer companhia?» Faltava-lhe coragem.

— Porque te preocupas, César? — Segurou-lhe outra vez o braço. — Gosto de ti, gostas de mim, não é verdade? — Sorriu para o distrair: — Fui ontem ao cinema, era uma fita muito engraçada...

— Não gosto de ti.

Isabel apertou-lhe a mão em silêncio e ele repetiu:

— Não gosto de ti. — De repente mudou de tom. Sentia nos ouvidos a voz dos polícias e nos olhos a luz crua da prisão. — Gosto doutra. — Apeteceu-lhe rebaixar Isabel. — É muito mais inteligente do que tu, sabe conversar, sabe falar de coisas que não entendes.

Isabel continuava a prender-lhe a mão sem a mais pequena palavra. Sabia, desde sempre soubera, que a felicidade lhe estava proibida. «Mata-me, mata-me», murmura, os lábios cerrados, as lágrimas no rosto.

— Andava contigo para não te desgostar, mas não, não gosto de ti — continuou. — Não é só uma, há várias mulheres que gostam de mim. Andava contigo para não te desgostar — insistiu. — Mas gosto doutra...

«Mata-me, mata-me! Oh, não mais voltarei a casa, não mais...», pensa Isabel.

— Sabes que fui preso?

Sabia.

— Adeus! — disse ele.

— César! — Não pôde impedir que o choro lhe cortasse a voz — César...

Não ouviu o resto. Correu sem olhar para trás, e quando descobriu um telefone ligou para a casa de Berenice em Cascais. Mas ela regressara a Lisboa, não conseguiu encontrá-la.

4

Nem era fácil, porque Berenice almoçara fora de casa. E o cinema aborreceu-a, saiu a meio da fita.

Que fazer então? A virtude, a única virtude do trabalho — pensou — é essa: esquecermo-nos de nós próprios. Lamentava ter abandonado o cinema, não suportar uma fita má. Centenas de pessoas permaneciam interessadas e distraídas! Mas ela era incapaz... Porquê?

Se soubesse que César a procurava! E foi aguardar Ramiro à saída do escritório. Fingindo-se à espera dum autocarro, Berenice vigiava atentamente a porta do amigo. Mas porquê? Nada, nada. Ali apenas, após uma tarde morta.

— Que coincidência! Que coincidência...

— Coincidência nenhuma, vim de propósito.

— De propósito? — Esqueceu-se subitamente de que momentos antes lhe haviam prometido o aumento do ordenado.

— Estive uns dias em Cascais — explicou Berenice. — Ontem à tarde fui até o Cabo da Roca. Fazia vento, mas se soubesses como foi bom, como era bom estar ali e ouvir as ondas lá em baixo...

Ramiro fixou-lhe longamente os olhos: redondos, brancos, azuis e negros. E os cabelos um tudo-nada em desalinho.

— Queres vir comigo um dia destes?

Que sim. Depois perguntou-lhe se não queria tomar café.

Que não. E se fossem antes a Montes Claros ver a cidade iluminada?

Berenice desistira de Montes Claros sem dizer uma palavra de aviso, sem ouvir uma palavra de protesto. Continuara a avançar pela estrada adiante, esquecida e atenta. Chuviscava. As janelas fechadas do *M. G.* não deixavam sair o silêncio que os envolvia — um silêncio translúcido e pesado.

Ramiro desceu o vidro e então os ruídos de fora expulsaram o silêncio de dentro. As borboletas, a poeira e os mosquitos, apanhados pelo foco dos faróis, brilhavam e desapareciam.

— Porque não arranjas um emprego?

— Porque não trabalho? — ripostou ela. — Qual o proveito para mim ou para os outros? Acabaria por me aborrecer também, com a desvantagem de já não poder decidir como... Assim sou eu que escolho. Aborreço-me da maneira que me apetece.

Ramiro não insistiu. Qual o proveito, de facto? Apenas notou:

— Não serias mais feliz? — A sola do sapato resvalara-lhe sobre um objecto móvel e esférico. Baixou-se para ver. E enquanto procurava descobriu os joelhos de Berenice, redondos e macios, as pernas esguias, os pés nervosos sobre a embraiagem, o travão, o acelerador.

— Uma pérola? — disse, vendo um objecto brilhante.

— Talvez. Falsa, é claro. Mas ontem quebrei um colar.

Ramiro inclinou-se mais. Descobrira outra, estendera um braço, roçara a testa pelos joelhos redondos e macios de Berenice.

— Encontraste?

Sem uma palavra, docemente, beijou-lhe os joelhos.

Ela não protestou, os pés sempre atentos ao travão, ao acelerador, à embraiagem.

— Gostei de te beijar — disse Ramiro erguendo a cabeça, as duas pérolas a balançarem-lhe na palma da mão.

— Foi bom.

Ultrapassaram uma biciclete, outra biciclete, foram ultrapassados por dois automóveis.

— Ficaste a ganhar...?

— Quatro...

— E queria Genoveva que fosses professor! Qualquer dia ganhas o dobro!

— Com certeza... Sabes? Os primeiros dois contos ganhei-os por mérito próprio, os outros não. — Sorriu. — Devo-os à guerra de 14. Não foram apenas os industriais dos armamentos que ganharam, eu também ganhei. Onde está a diferença? O meu pai conheceu o Abel Marques nas trincheiras e quando o Marques soube o meu nome começou a proteger-me. Sempre era filho dum velho companheiro... Uma dívida para com esses milhões de mortos, não é? Cheguei a pensar: receber este dinheiro não será transigir com a guerra? Mas não tive coragem, preferi transigir... O dinheiro sabe bem...

Se pedisse a Ramiro que lhe beijasse outra vez os joelhos?

— Não foste tu que fizeste a guerra. E nesse caso porque não te sentes em falta com a Guerra dos Cem Anos, as Guerras Púnicas, os Assírios...? No fundo não lhes devemos também qualquer coisa?

— Talvez, mas isso é vago. De resto, nessas lutas fomos todos nós que ganhámos e não somente eu. Neste caso é nítido: sem a guerra, o Marques não teria conhecido o meu pai, não se teria interessado por mim. Sou herdeiro desses milhões de mortos... E não paguei quaisquer direitos de transmissão. A melhor das heranças, não é?

As luzes dos automóveis, vermelhas, descontínuas, saltavam-lhes à frente, duas a duas, e desapareciam depois ou então aproximavam-se também duas a duas, mas brancas e aguçadas.

— Tens uns joelhos macios — lembrou ele.

Berenice compôs a saia.

— Porque os escondes?

— Ensinaram-me — respondeu. Pôs toda a sua atenção numa manobra mais difícil e acrescentou, observando-o por um instante: — Como vais gastar o teu dinheiro? Podias casar-te...

— Não sei — disse Ramiro, com os olhos colados a um par de luzes vermelhas. — Não sei — repetiu, quando uma curva redonda as escondeu. — Porquê? — As luzes reapareceram. Poderia concluir: «Penso, Berenice. Penso casar contigo». — Desapareceram outra vez. — E tu?

Ela encolheu os ombros.

— Não te confessei no outro dia que amava um homem que se casou com outra? — Era mentira que ainda o amasse. Porque dizia então aquelas palavras? — Pelo menos com ele já não me posso casar...

— Há o divórcio.

— Casou-se religiosamente.

— Sabes se estará arrependido?

— Creio que não, creio que é feliz.

Aproximavam-se de Carcavelos, ultrapassaram uma biciclete, outra biciclete, foram ultrapassados por dois automóveis.

— Se tomássemos uma bica? — propôs Berenice, travando o carro sem esperar pela resposta.

Sentaram-se num café.

— Dantes não podia pensar no casamento — continuou Ramiro com voz pouco segura, acendendo o cachimbo. — Não ganhava o bastante.

— O criado não vem? Em minha casa janta-se às oito e meia, o meu pai fica zangado quando chego tarde...

— Berenice! Porque me deixaste beijar-te os joelhos?

— Não deixei... Não me deste oportunidade de não deixar... Beijaste-os sem uma palavra.

— Não impediste.

— Porque havia de impedir? Não havia mal...

— Então porque os escondeste depois?

— Disse-te: porque me ensinaram.

— Ensinaram-te a deixar que eu tos beijasse?

— Umas vezes procedo como me ensinaram, outras não... E dava-te prazer. Porque havia de te roubar esse prazer? Eu própria senti prazer, Ramiro.

— Posso repetir?

— Talvez não. Seria premeditado, não era a mesma coisa...

— Que mal tem a premeditação?

— Nenhum.

Afinal não mandaram vir café. Ramiro pediu um copo de leite e Berenice, após breve hesitação, pediu a mesma coisa.

5

César, à esquina da rua, esperava Berenice havia muito tempo.

— Não me achas diferente? — principiara ele. — A partir de hoje sou um homem adulto.

— Não me digas... Pegaste-lhe nas mãos?

— Não. — Deu um espirro.

— Entra — disse ela. — Ele abriu a porta e sentou-se.

— Que tarde...

— Estavas à minha espera?

— Queria dar-te a notícia... — Espirrou outra vez.

— Constipaste-te. Porque não tiras a gabardine?

— Sou um homem adulto — repetiu, sem se mexer.

— Foste a uma das tais casas...

— Não é isso. Fugi. Vou empregar-me.

— Que te sucedeu, César? — Queria ver-lhe a cara, mas a escuridão não deixava.

— Fugi de casa. Tenho o ano perdido, não quero ver mais a minha mãe. — Começou a tirar a gabardine.

— Como vais viver? — Berenice ajudava-o, puxava-lhe as mangas, uma primeiro, depois a outra.

— Arranjo um emprego.

— Será assim tão fácil?

— Há-de ser. — César apalpou os ombros do casaco a ver se estariam húmidos.

Berenice observava-o em silêncio, demoradamente. Semanas antes dissera: «Dezassete anos». E agora? Talvez fosse da noite, mas César parecia mais velho, a sombra punha-lhe barba na cara e rugas na testa. Ainda teria os mesmos dezassete anos? Perguntou-lhe onde tencionava dormir, ele disse-lhe que ainda não pensara nisso, que um banco de jardim era suficiente. E a chuva? César encolheu os ombros. Aconselhou-o então a voltar para casa, mas não a quis ouvir. E um colega? Não tinha um colega que o recebesse?

— Virás comigo — disse ela, de súbito. O problema não era difícil. Bastava entrar com César na garagem. Àquela hora os pais estariam a comer e as criadas dividiam-se entre a cozinha e a sala de jantar. Era fácil subir as escadas que davam para o primeiro piso, deslizar ao longo do corredor, subir o outro lanço, meter-se no quarto dela — o primeiro à esquerda.

6

Às oito e meia em ponto o pai de Berenice sentou-se à mesa. A sopa fumegava e quando a esposa pegou na colher proibiu-a de começar. «Esperamos pela Berenice».

— Chega tarde, como de costume — disse ela, apreensiva.

— Esperamos.

— Porque não começaram a comer? — Palavras de Berenice meia hora depois, sem saber ainda o que se passara. Mas quando levou a colher à boca sentiu nos lábios uma água fria e gordurosa. Ergueu o rosto para os pais: ele, imperturbável e heróico, comia com toda a naturalidade, mas a mãe — a face riscada por uma sucessão de rugas nos cantos da boca — estava rígida, os olhos a ausentes.

Indecisa, Berenice dirigiu o olhar para o talher da irmã («Esta casa continuará sempre a ser tua», dissera-lhe o pai no dia do casamento). Mas era tão raro que ela viesse! E César? Teria dado com o quarto?

Solene e distante, Berenice aceitara a prova, comia a sopa como se nada fosse.

Primeiras palavras naquele mundo de silêncio:

— A manhã esteve bonita, mas a tarde... — Não terminou a frase, que caiu sem ruído, sílaba a sílaba, na densidade espessa da sala atapetada.

Muito naturalmente, quase distraído, o pai talhava agora a carne dura e fria. A mãe nem sequer mexera nos talheres, ficara quieta, calada, distante. Berenice ainda esteve para dizer qualquer coisa, mas nenhum som lhe saiu dos lábios. Pegou no garfo, pegou na faca. Hesitava, incapaz de se decidir. Decidiu-se: o garfo prendeu a carne ao fundo do prato e com a mão direita ela imprimiu à faca um movimento oblíquo. Fria como estava, a comida introduzia-se-lhe em todos os interstícios dos dentes, repugnava-lhe, não tinha sabor. Sentindo um vómito, sem poder mais, deitou no prato a carne mastigada.

Antes de falar o pai engoliu calmamente o que tinha na boca.

— São essas as maneiras que te ensinaram?

Torturada por não ter sabido representar o seu papel na comédia, Berenice não respondeu. Pousara os talheres e observava através dos vidros da janela as luzes dum navio ancorado no rio. Um instante apenas. O nevoeiro cobria de novo a cidade.

— Tens razão — disse o pai. — Isto não se pode comer. — Virara-se para o António: — Mas o jantar está frio... — Era a voz de alguém que acaba de descobrir o que afirma.

António não se atreveu a dizer nada.

— Também não comes? — Falava com a mulher. Não esperou pela resposta. Sempre calmo, prosseguiu: — Como é possível uma coisa destas? — Outra vez para o criado: — De quem é a culpa? Da cozinha?

Mudo, preso ao chão, vestido de escuro, António movia os olhos para a senhora, depois para a menina.

— A Glória que venha cá.

— Guilherme! — interveio a mãe.

— Não posso tolerar uma coisa destas em minha casa, está tudo frio! — Encarou Berenice, pálida e quieta. — Não sou apenas eu que me queixo, a minha filha também. — Amigável: — Não é verdade? — E como ela não respondesse, azedo: — Fala!

Berenice:

— A carne está fria, meu pai. — Uma voz suave, o mesmo tom musical, a mesma doçura com que poderia ter dito ao homem amado: «Amo-te!», os olhos muito brilhantes na face pálida.

— E a sopa?

Com a mesma voz doce e musical, cortara-lhe as voltas:

— A sopa? Não, não notei nada...

Ele desviou o golpe. Fingiu não a ouvir.

— Vês? — Dirigia-se para a mulher. — Berenice queixa-se de que a carne está fria. — E de novo para o António: — Não te disse que chamasses a Glória? — Tirou uma cigarrilha e acendeu-a.

— Guilherme... Vê o que vais fazer... Para quê escândalos?

— Nem uma palavra — redarguiu ele, dramaturgo acabado de surgir, impelido pela febre criadora. Batia as sílabas com ar de quem não admite que o contradigam. E quando a Glória apareceu:

— Considera-te despedida.

A Glória estava na casa havia mais de dez anos. Começou a chorar tolamente, não compreendendo aquela ordem, afeiçoada a uma casa sem afeições. (Glória e António saem pela Esq.)

Berenice levantou-se em silêncio e fugiu pela porta do fundo, à Dir., deixando no palco, frente a frente, e para a cena final, o pai e a mãe. Chegando ao quarto, acendeu a luz.

— Estás aí? — disse timidamente, ligando o rádio.

César escondera-se atrás do reposteiro. Apareceu.

— Deste logo com a porta?

Sentiram passos no corredor, os passos da mãe. Berenice indicou o guarda-vestidos a César. Num salto ele escondera-se, a cara aconchegada à roupa macia, ao cheiro, ao corpo ausente de Berenice.

— Abre — dizia a mãe.

Aberta a porta, a mãe dirigiu-se ao aparelho de rádio, fechou-o e foi sentar-se no sofá onde a filha costumava ler.

— Tantas vezes te supliquei que fizesses tudo menos chegar tarde às refeições! Não sabes como é o teu pai?

— *Tudo*, minha mãe?

A mãe sobressaltou-se ao ouvir esta pergunta. Com os olhos baixos, não se atreveu a responder, nem mesmo a encarar Berenice, que continuava de pé. Tinha medo.

— É como se não fosses nossa... Que somos nós para ti?

Berenice não entrou no jogo. (Segundo Acto — reflectiu.) Respondeu com rispidez:

— Aquilo de a Glória ser despedida é verdade?

A janela estava mal fechada e batia duma forma irritante. Olharam ambas para lá — irmanadas, um momento, por essa atenção comum —, mas não se mexeram.

— Pois tu duvidas? Não conheces ainda o teu pai?

A janela.

— Mas é de tal modo estúpido — insurgiu-se a filha.

— É assim que falas do teu pai? — disse-lhe a mãe sem atinar com a resposta exacta. E depois: — Faz isso por mim, Berenice, por mim! E o único favor que te peço, nunca mais voltes a chegar tarde! — Uma voz rasgada.

— É a *única* coisa que exige da sua filha, minha mãe?

Não percebeu o sentido daquelas palavras. Ignorava se eram uma censura se um agradecimento por não lhe exigir mais. E nem se atreveu a responder.

— É pouco para uma mãe.

— Berenice!

— É pouco... — repetiu com um sorriso; uma voz musical, doce, a voz com que poderia dizer ao homem amado: «Amo-te! Tu és tudo para mim! Seguirei contigo até ao fim do mundo, por ti aceitarei todos os sacrifícios. Por ti, pelo teu amor, serei tudo o que desejares: mulher, nuvem, raio de sol, a pequenina onda do mar que se estende na praia e morre absorvida pela areia...»

— Não gostas de mim, não gostas de mim. — Desfazendo-se em lágrimas, ergueu-se, foi até junto da filha, que permanecia de pé, pegou-lhe nas mãos, cobriu-as de beijos, sempre a soluçar: — Não gostas de mim, não gostas de mim, fui sempre uma estranha, sempre.

Friamente, Berenice respondeu:

— Não gosto, minha mãe...

Fechou a janela, o silêncio cresceu de súbito, pesado e impenetrável.

Os olhos da mãe de Berenice secaram. Ergueram-se para a filha, viram-na como se fosse a primeira vez que a viam, estavam parados, indiferentes. Depois, sem mais uma palavra, aproximou-se da porta, teve dificuldade em abri-la, abriu-a, saiu. Atrás dela ficava o tapete azul, a mesa com uma jarra florida, e depois Berenice, silenciosamente de preto, os olhos muito claros percorrendo o caminho que a mãe acabara de transpor: o gesto para evitar a mesa, o tapete azul, a porta. A porta, o tapete azul, o gesto para evitar a mesa.

Soluçando de mansinho, deixou-se cair numa cadeira. Aquelas palavras, palavras que tantas vezes quisera dizer-lhe (que tantas vezes em imaginação lhe dissera) queimavam-lhe a garganta, comprimiam-lhe o peito. Se pudesse morrer! Teria desejado levantar-se, seguir atrás dela. «Esquece o que te disse, minha mãe. É tudo mentira e mesmo que seja verdade eu não to disse. Gosto de ti ainda que não goste de ti. Ah, lembra-me quando me arranjavas os cabelos, quando me vestias e eu queria saber se estava bonita! Não, não é verdade! Esconde o passado, ignora-o. Nada sucedeu, nada...»

Tímido e ousado, César aproximara-se de Berenice, beijava-lhe as lágrimas, os cabelos, os ombros. Apagou a luz. Com imenso cuidado, com imensa ternura, beijando-a sempre — os joelhos, a cinta, o busto, a boca — estendeu-a sobre a cama. Abriu-lhe o vestido, fê-lo escorregar até à cintura. Trémulas, as mãos de César, sombras de outro mundo, das sucessivas encarnações que ao longo dos séculos haviam afagado mulheres assírias e gregas e romanas e bárbaras, subitamente recordadas de milhares de anos de experiência, desceram ao longo dos braços de Berenice. Com os dedos levemente ásperos arrancou-lhe o soutien, e o cinto, o vestido, a combinação desceram-lhe pelas ancas, pelas coxas, pelos joelhos, pelas pernas, pelos pés. Tirou-lhe as meias, pediu-lhe que não chorasse.

— Gosto tanto de ti, Berenice!

Com muita ternura cingiu-a contra o peito. Com muita ternura, doce e dolorosamente, enterrou-se-lhe na carne.

7

No dia seguinte Berenice foi ter com Ramiro a um café para lhe falar de César. «Poderás ficar com ele no teu quarto por alguns dias?»

«Gostas de Berenice», pensava Ramiro, olhos postos em César. Nela, porém, apenas descobrira uma profunda amizade que tinha qualquer coisa de fraternal.

— Posso confiar-to?

Timidamente César desviara o olhar, aborrecido com aquela frase. Percebendo-o, Ramiro atalhou:

— Ele não precisa de ser confiado a ninguém, apenas lhe facilito um abrigo... Nenhum homem morreu, que eu saiba, por falta de quarto. Se não fosse eu, seria outro...

— É só por uns dias, emprego-me depressa...

Quando saíram, e como César seguisse mais à frente (afastara-se, receando incomodá-los), Ramiro perguntou:

— Não seria preferível levá-lo para casa?

Berenice fez-lhe ver que não.

— Mas que espécie de família é a dele?

— Num certo sentido é boa... O pai morreu. Vive com a mãe e os avós. São todos muito simpáticos... Simpáticos, mas família... A família, a nossa família, é sempre uma coisa detestável, não é? Um açaime, uma escravidão... Como queres que os pais possam compreender os filhos? A recíproca é verdadeira... E os irmãos... Vêem-se todos os dias e é como se não se vissem. Habituaram-se uns aos outros, são incapazes de se observarem com olhos virgens... A família é o inimigo. Os pais, os irmãos seriam pessoas magníficas se não fossem pais e irmãos, compreendes?

— Se soubesses as saudades que tenho dos meus, Berenice!...

— Porque morreram! A intimidade de anos e anos de convívio embota os sentimentos. O meu pai é capaz de arrotar diante de mim, coisa que não faz diante de estranhos. A intimidade mata as coisas porque mostra o que nelas há de intolerável.

— És contra o casamento?

— Sim — respondeu ela, olhando para César, que continuava uns passos adiante. — «Ele é um homem — pensou — e eu sou uma mulher».

— És contra o amor?

— Não. — Três segundos de silêncio e prosseguiu: — Um dia também fugirei de casa... — Depois: — Nós próprios, Ramiro... É isto que aprecio em ti, isto apenas: poucas vezes nos vemos e, portanto, a compreensão entre nós é possível. A compreensão, a sinceridade... Ainda nos falta dizer muitas coisas. Mas não nos vimos demais nestes últimos dois meses? No dia em que fôssemos íntimos, Ramiro, teríamos de mentir, ser escravos das ideias que fazemos uns dos outros...

Berenice estava a falar a sério? Ramiro não sabia. «Será possível? Gostas de mim, sabes que eu gosto de ti. Essas palavras fazem parte do jogo do amor, não são sinceras. Essas palavras são para que eu sofra, para que eu hesite, para que o amor cresça». Respondeu-lhe:

— A discursares assim, dentro de dois meses somos amigos íntimos...

— Podemos prolongar a nossa amizade — disse ela — se nos virmos pouco. — Tinha um ar sincero e Ramiro afligiu-se. Estaria Berenice a dizer o que pensava? Sofredor, retorquiu-lhe:

— Defendes a solidão, quase o egoísmo...

— Não... Mas acho que a convivência destrói a amizade. Que nos fecha, que nos encerra num horizonte restrito. — Era Berenice que falava, Berenice a quem Ramiro beijou ontem os joelhos? — Cada um de nós dá-se com meia dúzia de pessoas e torna-se íntimo dessa meia dúzia de pessoas. Porque me hei-de prender apenas a meia dúzia de pessoas? Porque não hei-de abrir o coração a uma centena, a um milhar? Um dia abandono a casa de meus pais, passo a viver solitária, recuso o convívio de meia dúzia para me entregar ao mundo inteiro. Não serei apenas amiga deste ou daquele, mas de todos... Não posso permitir que a amizade seja um hábito, que seja exclusiva. E para isso só há um processo: «Não conversar duas vezes na mesma semana com a mesma pessoa», eis a regra de oiro.

— Como passas o tempo, Berenice? Porque não te empregas? Garanto-te: se ganhasses o teu dinheiro serias feliz.

Sem que dessem por tal, César aproximara-se e ouvia.

— A minha irmã e o meu cunhado costumam receber os seus amigos mais íntimos. E que fazem? Jogam as cartas porque já nada têm que dizer. No fundo conhecem-se mal, não é? Se nos encontrarmos todos os dias acabaremos por jogar as cartas. Precisamos de estar permanentemente alerta... Vermo-nos pouco para que cada encontro seja um motivo de felicidade. E isto com toda a gente, compreendes? — Virou-se para César: — Não converses demasiado com Ramiro, não gastes depressa o prazer da convivência!

— Poderia viver sempre contigo que nunca deixaria de ser feliz! — disse César.

— Erro... — Abriu um silêncio. «Nunca me casarei — pensou. — Não quero destruir o amor esvaziando-o a pouco e pouco no convívio quotidiano e permanente».

— Porque não te empregas, Berenice?

8

Na mesma noite em que César dormira com Berenice, Gabriel telefonara a Genoveva.

No dia anterior não. Tinha esperado. Porque havia de ser ele sempre o primeiro a falar?

O telefone permanecera silencioso. Do lado de lá Genoveva esperara inquieta, do lado de cá Gabriel esperara também.

— Não te deitas? — dissera o pai, pousando o jornal.

— Não... — Fingia-se mergulhada na leitura. — Tenho amanhã uma aula difícil.

Mas em vez de esperar porque não se decidira? Genoveva ter--lhe-ia telefonado se soubesse que Gabriel aguardava a chamada tão ansioso como ela. Mas sem uma certeza...

— Passei ontem a noite à espera...

— Quis telefonar-te, Gabriel. Depois tive medo: «quem sabe se ele se desinteressou? Provavelmente saiu, nem se lembra de mim». O receio de que viesse a tua mãe ao telefone e eram já onze horas... Que diria eu? Ainda pensei em ligar, e desligar depois se a voz não fosse a tua.

Genoveva sentiu-se aflita por não ver a face de Gabriel. Ouvira muitas vezes: «Embirro com o telefone, não vemos a cara dos outros...», mas não percebia. «Basta que ouçamos as palavras», replicava. Agora compreendeu. Se pudesse ter ali na frente os olhos de Gabriel e compará-los com as palavras que ele dizia!

— Hoje também estive para desistir...

— Porquê?

— Sou sempre eu... Não compreendes que assim não posso descobrir se gostas de falar comigo?

— Telefono-te amanhã. Telefono-te depois de amanhã.

— Telefonar-me-ás sempre?

— Telefonar-te-ei sempre.

Um momento de silêncio, um momento breve, doce, cheio de sossego, pleno de intimidade, um lago solitário de águas paradas e verdes, um lago de fundo escondido, mas próximo, atapetado de vegetação macia. Receoso de matar o silêncio, Gabriel suspendeu os remos, o barco seguiu lentamente na superfície polida. Genoveva, os olhos pousados nas montanhas, mergulhara as mãos na água, que lhe passava por entre os dedos abertos e frios, rígidos, muito brancos.

— Gosto tanto de ti, Genoveva!

Genoveva debruçou-se sobre o lago. Lá em baixo, voltados para ela como se estivessem do avesso, interrogativos e atentos, os próprios olhos!

— Ah, Gabriel! Como é possível que nos tenhamos ignorado durante tanto tempo? Se tu soubesses... — Faltaram-lhe as palavras e repetiu: — Se tu soubesses...

— Não faz mal que tenhamos levado todo este tempo... É tão bom estar a dizer pela primeira vez que gosto de ti! — Viu-a inclinada sobre a água, vestida de claro, os cabelos caídos pelos ombros, os pés descalços nas tábuas do fundo.

— Ontem desejei telefonar-te para ser a primeira...

— Não se vê ninguém... Este lago é nosso, esta água verde é nossa. Ninguém mais entrará aqui. Era o último sítio da terra que faltava descobrir, somente nós temos o segredo... Unbekanntsee!

O barco parecia imóvel, Genoveva fez com os braços e as mãos remos ágeis e cadenciados.

— Não tens força!

— Mexe-se, mexe-se! — gritou, cheia de alegria. Ergueu os braços.

— Duas velas...

Endireitou-se a medo, o vestido branco ondulado pelo vento.

— Uma vela... — A vela transforma-se em mulher. — Espera, Genoveva. Eu não disse nada, ouviste? Olha... Espera. De que falávamos nós? Ah, por exemplo: eu estaria a dizer: «Pois é verdade, Genoveva, ontem subi àquele monte, o mais alto de todos... Apostei comigo próprio que era capaz de chegar à neve e fui trepando, trepando...» Então tu interrompes-me e dizes, vá, então...?

— Gosto tanto de ti, Gabriel!

— Isso, isso. Vês que foste a primeira a dizer?

— Espera, Gabriel: deixa-me ser outra vez a primeira a dizer, sim? Tu não sabes de nada, eu própria não terei pensado em dizer nada. Estarás a falar e de repente interrompo-te e digo que gosto de ti. Vá lá, fala...

Gabriel recomeçou:

— Imagina o que sucedeu! Ontem subi àquele monte a ver se conseguia... — Um instante de espera, mas como ela não respondesse, prosseguiu: — Pois imagina lá! A ver se conseguia chegar à neve... — Pausa. — À neve... — Pausa. — Em aparte, a voz mais baixa: — Então, não dizes?

Genoveva soltou uma gargalhada e estendeu-lhe as mãos.

— Procuravas atingir a neve...

— Pois. Subia à montanha e procurava atin...

— Gosto de ti, gosto de ti, gosto de ti — explodiu Genoveva. — É a primeira vez, ouviste? Fui eu a primeira a dizer, ouviste?

— Subi à montanha e pro...

— Gosto de ti. Fui outra vez a primeira a dizer. E nunca tínhamos dito, foi esta a... Não. Agora é que vai ser a primeira vez. Ouve: gosto de ti.

— Sim, Genoveva. Foste a primeira a dizer, meu amor.

QUARTO CAPÍTULO

1

— Perdeu-se a antiga fé e ainda não encontrámos outra — insistiu Gabriel.

— E todavia ela existe, eu sei onde está... — disse Ramiro.

— É possível. Mas pelo meu próprio esforço atirei fora uma porção de crenças. E hoje sou descrente por gosto... Não foi o que sucedeu com vocês?

— Talvez antes a preguiça de estudar uma nova doutrina — sugeriu Jaime. Salvo erro, já fora apresentado ao homem loiro que estava perto da janela. — A fé obriga a sacrifícios, a muita consciência, e o cepticismo, pelo menos este nosso cepticismo, é mais cómodo. Os católicos, os cátaros, os socialistas, sei lá quem mais, deixaram-se ou deixam-se morrer pelos seus ideais. Não sou capaz de morrer por nada, nem mesmo por mim próprio... Dantes os homens não sabiam viver sem um credo e hoje descobriu-se que é fácil, descobriu-se que é cómodo... Meio milhão de anos para esta descoberta, a mais importante dos tempos modernos, mais importante mesmo que a força do vapor ou a energia atómica...!

— Pode viver-se sem uma crença, mas vive-se mal — objectou Ramiro, sem paciência, de resto, para continuar a discussão.

— De acordo. Vive-se mal sem fé, mas vive-se. — Sorriu. — Com ela morre-se, tantas vezes! — Depois duns instantes: — Se falo nisto é porque não me sinto infeliz por ser descrente... Julgo mesmo, a avaliar por mim, que a felicidade está aí.

— À parte o facto de eu não ter feito mais do que tu, que fizeste tu pelos portugueses? — interrompeu-o Gabriel de súbito.

— Às vezes penso — disse Ramiro: — não é bem não ter fé. Eu sei o que devia ter feito... Mas não faço, tenho medo e não faço. Nada fiz pelos portugueses, mas pergunto-me se cada português não incorre também na mesma falta... É com a imobilidade dos outros que me justifico a mim mesmo. E eles também. Mas vou aguentando... — E depois: — Sinto a falta de Raul, ele não permitia que adormecêssemos...

Subiam agora a Avenida, continuavam a falar ao acaso e poderia ter acontecido ser Jaime a dizer o que dissera Gabriel, Gabriel a dizer o que dissera Jaime, Ramiro a... etc.

— Se fôssemos beber um bagaço? — lembrou Jaime. (A pergunta poderia ter sido feita por Gabriel ou Ramiro.)

Entraram numa taberna. Depois saíram mais resistentes ao frio da noite, um frio que amansava sob o frémito próximo da Primavera.

— Lembras-te? — disse Gabriel para Ramiro. — Ainda ontem estive a falar nisso à Genoveva. No exame de Geográficas sabias mais do que eu, mas ficaste reprovado. Eu tinha uma cunha e passei... É esquisito como o futuro depende de coisas tão simples! Se tivesses feito o liceu estarias hoje formado...

— Qual a vantagem de seres médico? E serás, de facto? Quase não damos por isso, nunca nos dizes nada...

— Acabei tudo com a Teodora. — Jaime, que até ali pouco falara, interrompera-lhes bruscamente a conversa.

— Não gostavas dela...

— Talvez não gostasse... Mas não basta não gostar da mulher com quem se vive para a deixar. Não era casado com ela, eis a grande sorte! Se fosse casado com ela continuaríamos a viver juntos, talvez até descobríssemos a felicidade, quem sabe?

Ramiro não ouviu o discurso de Jaime. Distraidamente, intrometeu-se:

— Sabias que o Rui... Desculpa... — apressou-se a acrescentar, notando que falara fora de tempo.

— Dize...

— Não, acaba o que estavas a contar...

— Era sem importância.

— É o Neves... Está muito doente...

— O Neves Sousa? — perguntou Jaime.

— Só ontem é que soube — esclareceu Gabriel. — Podíamos ir vê-lo amanhã... Está perdido. Olha: Mais lhe valia morrer. O meu tio esteve três anos... Ao fim nem falava, não conseguia falar... É terrível!

— Bem vistas as coisas — insistiu Ramiro — foi bom professor, foi mau?

— Nada me ensinou... Dizem mesmo que se gabava de nunca ter ensinado coisíssima alguma a ninguém... Penso que foi bom professor.

2

Ah, os dias de Berenice, os dias vulgares de Berenice, os dias que são a maioria do presente, esses dias começam às dez horas da manhã!

Por volta das onze, ela sai e faz o Chiado. Agrada-lhe o Chiado de manhã e detesta-o à tarde. Não corre o risco dos encontrões e as pessoas ainda não parecem cansadas, têm o ar aberto de quem espera grandes coisas: «Sabe-se lá se não será hoje?» Se não será o quê? Isto ou aquilo. Parece-lhe que os homens, as crianças, as mulheres, estão sorridentes e felizes. O dia ainda não os triturou e é bom sentir--lhes a presença confiante.

Nesta última semana esteve duas ou três vezes com Ramiro, mas não falaram do passeio de automóvel, não se referiram a nada, ao beijo dos joelhos, por exemplo. Em dado momento, Ramiro tirou do bolso uma pérola. «Um berlinde?», disse ela. «É meu...» E ele: — «Foi. Agora já não».

Enquanto avançavam, os passos muito lentos batendo no silêncio dos ouvidos, aquela perolazinha branca era a lembrança dos joelhos redondos e macios de Berenice. Não. Puseram-se a falar de outras coisas. De César. Porque na manhã anterior Berenice encontrara-o por acaso. «Descobriste o que desejavas?», quis saber. César encolhera os ombros. Estava diferente. «Que desejava eu?», começou. E passando a outro assunto: «Tenho o ano perdido...» — «Arrependeste-te de sair de casa?» «Talvez». — Com o coração dolorido, Berenice acrescentara: «Porque não voltas?» Ele não respondera imediatamente. «Talvez volte um dia. Mas não para já. A minha mãe veio ontem falar-me, concordou que eu estivesse uns tempos fora de casa. Disse que me faria bem. No fundo, quem sabe?, talvez não tenha sentido muito a minha falta...»

— Ramiro, que pensas de César?

— É muito fechado, sobretudo comigo. Não é esquisito, Berenice? Não peço que ele olhe para mim como benfeitor, mas podia ser mais amável... Cedi-lhe o meu quarto, arranjei-lhe aquele emprego à noite... Olha para mim como se eu fosse transparente, não me vê... Ter-se-ia apaixonado por ti, considerar-me-á um rival?

«Não me tens procurado, César», dissera-lhe Berenice dias antes. — «Depois de te ouvir naquela tarde? Não quero perder a tua amizade, não quero jogar as cartas contigo». — «Estava a brincar... Não percebeste que estava a brincar? Senti saudades tuas...» Nunca mais haviam falado da noite em que dormiram juntos. «Tens visto a Isabel?» — «Não». — «Não queres pegar no meu braço?» — «Não».

— «Porquê?» — «Porque não». Berenice apertara-lhe o pulso com força, mas César repelira-a. «Que tens contra mim?» — «Nada». — Arriscara: «Queres encontrar-te comigo amanhã? Está um tempo tão bonito... Podíamos ir a uma praia...» — «Não». Erguera os olhos para Berenice. Repetira: «Não».

O sol da Primavera, macio, luminoso, vem brilhar sobre os cabelos de Berenice. Ela gosta daquele afago matinal, daquela promessa de felicidade. Com um disco nas mãos, a Mitó dirá:

— Querida, vem ajudar-me na escolha dumas luvas... Estou farta de correr e não sei... Tens visto a Nora, não estiveste lá? Também não pude, uma dor de dentes, imagina!

Acompanha-a. De manhã até a Mitó é suportável e tem um ar feliz.

— Porque não pintas os olhos? — arriscou.

Berenice não soube que responder.

— Dava-te um ar de mulher fatal... — Riram-se. — Tens estado em Cascais? Sim, foi a tua irmã... — Voltou a rir-se. — Deves pintar-te mais, carregar mais os lábios, rapar as sobrancelhas... Parecerás uma vamp dos tempos do mudo... — Sumiu-se-lhe o sorriso. — Falo a sério: ficava-te bem...

Mas quando a tarde chega a boca amarga-lhe. Naquelas primeiras horas após o almoço a hesitação, o ócio, prendem-se-lhe aos músculos e ela não sabe que fazer. O mesmo que fez ontem? O mesmo que fez anteontem? O mesmo que fará amanhã?

Sentou-se em frente do espelho. Era pena que o Entrudo tivesse acabado. Vestir-se-ia de mulher fatal... Abriu um longo decote, avivou os lábios, escureceu os olhos, e os cabelos caíram-lhe sobre os ombros, sobre a testa. Sim, seria um êxito!

Nessa tarde Berenice foi ao cabeleireiro e tingiu os cabelos. Ficaram negros, loira Berenice! «Dá-me um ar exótico!» Carrega bem os lábios, azula as olheiras, rapa as sobrancelhas e substitui-as por um risco arqueado. O vestido vincava-lhe o corpo, descobria-lhe as costas.

— Para que te havia de dar — disse a mãe, habituada às extravagâncias da filha mais velha, mas não de Berenice.

Foi ver o Tejo! As primeiras luzes acendem-se nas ruas e janelas, o vento do crepúsculo arrefece-lhe o nariz e a ponta dos dedos. Um cheiro a maresia pútrido e quente entra-lhe nos pulmões, traz do Adriático longínquo a voz de Guido. Não. A voz de Carlos Alberto:

— Berenice... Que fizeste dos teus cabelos? Quase não te reconhecia... — Um súbito desejo, um súbito arrependimento. Como se os cabelos de Berenice, agora falsos, agora pretos, acordassem nele o passado. Como se Berenice, sendo embora a mesma mulher, fosse outra mulher. Como se Regina não estivesse doente, quase morta, e ele não fugisse para a rua, desesperado.

Seguiram devagar pela Ribeira das Naus. Durante muito tempo Berenice não percebeu o discurso dele. Ou melhor: ficou indiferente, ouvia-o falar de amor. Pararam a ver um barco que se duplicava no Tejo, iluminado e negro.

— Estás disposto a deixar a tua mulher para viveres comigo?

Carlos Alberto murmurou:

— Berenice...

Mas «Berenice» não significava nada, era uma palavra, era apenas um nome.

— Estás disposto a fugir-lhe?

Qualquer coisa dizia a Carlos Alberto que Berenice não era sincera, que Berenice queria vingar-se do abandono em que a tinha deixado, que Berenice viveria o tempo necessário para desferir sobre ele, raivosamente, um golpe de morte.

— Tu não és Berenice, estes cabelos não são teus...

— Estás disposto a fugir-lhe? — repetiu.

— Virias comigo? — Defendia-se como se não fosse Berenice que ali o defrontasse, mas a morte, antiquíssima, presente e futura.

Ela não respondeu. De cabelos negros, vestida de negro, escondia-se no escuro da noite, aviso indecifrável.

— Virias comigo?

Inesperadamente o coração estalou-lhe. Com uma nitidez perfeita, viu estendida na cama e morta e branca a esposa traída.

— Berenice... Não, tu não és Berenice! Berenice é loira, Berenice não se pinta como tu, Berenice não tem esses lábios, esses olhos escuros...

Berenice apertou-se contra ele.

— Que tens tu, Carlos Alberto?

— Perdoa-me, Berenice... Não, não sei como te chamar.

— Chama-me Berenice.

— Não...

— Chama-me como quiseres. Berenice ou outro nome qualquer.

— Perdoa-me. Esquece as minhas palavras.

— Que disseste tu para eu esquecer?

Ele hesitou.

— Disse que continuava a gostar de ti...

— Esquecerei que tu disseste que continuavas a gostar de mim.

— Esquecerás que eu disse que continuava a gostar de ti. Perdoa-me... — E o perdão que lhe pedia era o perdão de quem pede aos deuses que lhe restituam a esposa morta.

Pecara, pecara mais uma vez dizendo a Berenice (mas seria Berenice?) palavras que nunca deveria ter dito. Palavras que nunca deveria ter repetido. E agora o castigo estava ali, súbito e irremediável. Do alto dos céus, implacável mas justo, o deus das batalhas desferira um dardo contra o corpo inocente e frágil de Regina.

E quando chegou a casa não foi preciso perguntar. Não chorou. Viu as lágrimas da mãe, as lágrimas da criada, as lágrimas da sogra.

Regina nunca fora tão bela, nunca estivera tão branca. Mas, estendida na cama, estendida e quieta, estava morta, morta para sempre.

3

— Porque não regressas aos cabelos loiros?

— Impossível... Não vês que ficaria horrível durante o tempo da mudança? Agora estou presa aos cabelos escuros.

— Presa ao que não és!

— Talvez... Mas já não posso libertar-me. Arrependida? O que está feito, está feito. Não é fácil voltar atrás. Uma tolice, mas deixá-lo!

— Ouve... Porque não os pintas?

— Para ficarem loiros de novo? Continuariam a ser falsos.

— Imitavam-te e era como se fossem verdadeiros.

Beijou-lhe a testa e, segurando-lhe a cabeça com as duas mãos, beijou-lhe os cabelos negros, dispersos pelo vento. Tinham ido ao Cabo da Roca, ao sítio exacto onde Berenice estivera com César. Limpar a paisagem da lembrança de César, encher a montanha duma nova memória, a memória para o futuro, a verdadeira, a única que havia de recordar quando os anos tivessem passado! — eis a intenção de Berenice.

Antes, ainda no automóvel, Ramiro achara duas novas pérolas.

— Partiste com certeza algum colar.

Berenice travara bruscamente o carro, Ramiro quase bateu com a testa no pára-brisas.

— Podes dar-mas?

— São tuas...

Recolheu-as, atirou-as fora.

— Porquê? — disse ele. E espontaneamente abraçaram-se.

— Trabalharei para que não tenhas vergonha duma companheira ociosa — ciciou Berenice, os lábios nas orelhas de Ramiro.

Minutos depois o automóvel estava lá em baixo, transformado em minúsculo bicho vermelho, e eles enchiam os olhos com uma colina esverdeada. O oceano encrespado, cinzento e branco, subia em declive e por detrás das nuvens acumuladas na linha do horizonte brilhava uma larga mancha vermelha, sinal derradeiro do Sol que acabara de se esconder. O vermelho estendia-se, era depois cor de laranja, esbranquiçava-se em cima, diluía-se enfim no azul metálico do céu.

Berenice abraçou Ramiro com força. Mas, dentro do sobretudo grosso, como havia ele de sentir-lhe o corpo, envolto também num casaco espesso? Ignorando o vento que soprava forte e rijo, Ramiro abriu, botão a botão, o agasalho de Berenice, abriu o seu próprio sobretudo, e estreitou-a, os braços apertando-lhe a camisola de lã, as mãos pressentindo-lhe a morna doçura das costas.

— Gela-se... — Berenice olhava em volta para dominar a resistência da montanha, para vergá-la à sua própria vontade. «Estas árvores, esta terra, este céu, esquecerão que César esteve aqui comigo». Curvando-se, colheu um torrão e desfê-lo com os dedos. Desprendera-se de Ramiro, arremessara para longe uma pedra. Esmagou lentamente uma flor com a sola dos sapatos, porque essa flor podia recordar o passado e era preciso que o desprezasse. Era preciso que toda a natureza, que todas aquelas testemunhas fossem exterminadas, como num crime perfeito. E que, associado à paisagem, Ramiro escondesse César para sempre.

Transido de frio, ele disse:

— E se fôssemos andando?

— Um instante... — Para que as árvores e os céus não mais se lembrassem do que estava para trás, alguma coisa ficava por dizer.

— Faz-se tarde...

— Um instante.

— O que é?

Não. Ele não percebia. «Ramiro! Porque não praticas um milagre? Dirás apenas uma palavra e na memória das pedras e das árvores o passado terá morrido! Na minha memória também!»

— Que frio... — murmurou ele.

Com gestos lentos, Berenice abriu a porta do automóvel. Silenciosa. «Do frio», supôs Ramiro. Não. Silenciosa. Silenciosa lançou um último olhar em volta e viu-se lá em cima, vestida de negro, os cabelos loiros ao vento. Junto dela, César. Moreno, alto.

4

Dias depois, tendo saído de casa sem destino, entregue apenas aos hábitos dos pés e das pernas, Berenice, de cabelos negros e saia em forma de chapéu-de-sol, com uma blusa justa que lhe acentuava um imperceptível descair do busto, subiu e desceu o Chiado, os olhos nas pessoas que passavam (conhecidas umas, desconhecidas outras) e nas montras que se abriam nas paredes. Ligou o telefone para casa a avisar que encontrara uma velha amiga (disse um nome ao acaso: Genoveva) e que esta a convidara para o almoço. A mãe respondera que sim, e Berenice, deixando atrás de si o telefone e a mentira, achou-se de novo na rua, sem rumo, sem destino, sem qualquer hábito a conduzi-la.

O relógio marcava meio-dia e dez quando Berenice teve a ideia de tornar verídica a mentira. Subiu para um táxi e mandou-o seguir para o velho liceu onde a aluna Genoveva era agora professora. Àquela hora devia estar quase a sair. Era um risco, Berenice aceitou o risco. Alguns alunos apareciam já, apressados, no portão que tantas vezes ela cruzara — as tranças caídas sobre os ombros, a bata branca descendo abaixo da gabardina azul comprada em Inglaterra, as socquettes trepando de uns enormes sapatos de pele de vitela, uns sapatos que a envergonhavam, e a alma liberta ou apertada.

Dantes não, mas agora havia ali uma cabina telefónica e Berenice lembrou-se de perguntar por Genoveva. Resposta fácil: Genoveva passava por acaso ao pé do telefone. Reconheceu a voz.

— Aqui? Que vieste fazer? — Falava com os olhos postos em Isabel.

— Ver-te.

Os ouvidos admirados de Genoveva.

— Ver-me? Nunca tinhas feito uma coisa assim... — Novo olhar para Isabel, a sua aluna Isabel que estava ao pé, a face expectante. Genoveva tapou o bocal do telefone, avisando-a: — Amanhã continuaremos, sim? — Percebeu que a desiludira. — É uma velha amiga, raras vezes a vejo... Amanhã estamos juntas, temos aula, não é? — Procurava extrair-lhe uma palavra de assentimento, a concordância de que aquilo não era uma traição, mas o resultado dum implacável conjunto de circunstâncias.

— Amanhã. — A rapariga esboçou um sorriso. Despiu a bata para disfarçar a desilusão.

Berenice, momentos depois, perante o ar sombrio de Genoveva:

— Transtornei-te os planos...

— Não. — Nunca fora esperá-la, quase sempre Genoveva saía sozinha. E logo hoje que a Isabel lhe perguntara se estava disposta a ouvi-la!

— Coisa importante? — insistiu Berenice, sempre desconfiada.

— Não cheguei a perceber... Era uma aluna, queria falar comigo. Falamos amanhã. Qualquer desgosto amoroso, ou então a família...

— Os alunos costumam procurar-te?

— Nem por isso. Intimido-os, creio. Desejava facilitar-lhes a aproximação, mas sucede o contrário...

— Nunca mais aqui entrei — suspirou Berenice, desviando a conversa. — Os professores são os mesmos?

— Alguns.

— Achas que deverei ir visitá-los?

— Acho que não.

— Sim, são tão poucos os que me deixaram saudades...!

Prosseguiram nesse tom. Por fim resolveram almoçar juntas.

— Desde que não seja em tua casa... — disse Genoveva. Sempre lhe desagradara o ar solene do pai de Berenice e a face da mãe estranhamente riscada por uma sucessão de rugas nos cantos da boca, os lábios muito finos, raramente sorridentes.

— Comeremos um bife...

Subiram para um táxi e Genoveva tentara, sem êxito e por duas vezes, fechar a porta. «Com mais força!» — dissera o chauffeur. Duvidando do efeito destas palavras, estendeu o braço, mesmo com o automóvel em andamento, e fechou-a.

Depois do almoço seguiram para a casa de Berenice.

— Obrigada por me teres procurado! Foi tão bom!

— Temos de nos encontrar mais vezes... Mas, sério, estou aborrecida com essa história da tua aluna!

— Não tem importância... — Bem pior do que isso era a carta que ontem recebera de César, um aluno que deveria ter sido reprovado no primeiro período. Subira-lhe a nota, dera-lhe sete. Agora ameaçava-a porque a vira na Caparica abraçada a um homem. E caso Genoveva lhe recusasse doze valores faria um escândalo. Tinha uma fotografia.

Berenice pôs o *Júlio César* de Haendel no gira-discos e regulou a altura de som para que a música se ouvisse brandamente.

Genoveva esqueceu Isabel, esqueceu César. Disse:

— Um dia destes vou fazer-te uma pergunta terrivelmente difícil...

Berenice:

— Um dia destes? Uma pergunta difícil?

— Ei-la: és minha amiga?

Berenice preparava-se para responder, mas Genoveva atalhou:

— Um dia destes, disse eu. Não disse hoje.

— Se sou tua amiga — repetiu Berenice, embaraçada, martelando bem as sílabas. — Oh, isso depende... — Passou a língua pelos lábios, franziu a testa, esboçou um sorriso infantil. —Depende... — O sorriso já não era infantil, tinha alguma coisa de travesso, uma travessura à volta dos trinta anos. — De resto, que te hei-de dizer, se não sei a tua resposta, caso eu queira devolver a pergunta? — Poderia ter afirmado (era outra forma de brincar): «Sou tua amiga, porque não? Tão poucas vezes te vejo!»

— Não vale — objectou Genoveva, erguendo a mão com os dedos abertos e agitando-a negativamente.

— Responde tu.

Genoveva:

— Quem inicialmente fez a pergunta fui eu.

Berenice:

— Não. Só digo se disseres primeiro.

Riram-se as duas, presas duma intimidade súbita, duma estima crescente.

— Um bocadinho mais alto? — pedira Genoveva, aproximando-se do rádio. Rodou o botão, permitindo que o coro lhes inundasse os ouvidos. Deixaram que o tempo passasse, atentas à música: Genoveva com os olhos fechados, Berenice com os olhos abertos.

— Não respondeste — insistiu Genoveva, as pálpebras cerradas, o amor nos lábios e na voz.

— Não respondemos, querida Genoveva! — emendou Berenice, com um brilho de pura felicidade.

Abrindo os olhos, Genoveva desviara a atenção para o movimento do disco, como se assim melhorasse a audição da música, e não vira, portanto, o sorriso prometedor de Berenice.

— Será que não somos amigas, será que sentimos vergonha de o sermos ou de o confessarmos?

Incerteza. Genoveva abriu a boca, mas desistiu de falar. Aplicou na mudança da posição das pernas a energia destinada à resposta.

— Que significa «és minha amiga», Genoveva?

Genoveva descalçara um sapato com a biqueira do outro. Continuava perto do gira-discos e, como os ouvidos já estivessem habituados àquela altura de som, decidiu fustigá-los, regulou o botão, e a música cresceu.

— Incomoda-te?

— Não, está à tua vontade. — Berenice levantara-se, fora até à janela e observava por cima dos telhados verdes e castanhos uma nesga do rio com dois navios dentro.

— Não conhecia nenhuma ópera de Haendel, ignorava que ele escrevera óperas! —prosseguiu Genoveva, aproximando-se de Berenice.

— O que é a amizade? — repetiu esta.

— A amizade? — Deixou suspensa a interrogação. — Conhecia *O Messias*, alguns concertos grossos... — Não pôde resistir a dizer: — Como isto é belo... — Envergonhou-se com a pobreza da adjectivação. — Quando puder compro-o.

— É teu.

— O quê?

— O disco... Ofereço-to... — Perante o silêncio de Genoveva: — Não digo que isto seja a amizade, posso comprar outro... — Esquecera o sorriso travesso, tinha um ar sério embora acolhedor. — É teu e sinto-me feliz por ser teu.

— Parva! — Uma palavra tola para esconder a emoção. Calou-se, eram inúteis as exclamações. Num súbito carinho, beijara-lhe os cabelos.

— Porque os pintaste? — disse em voz mais baixa, quase murmurada.

— Porque sim... — Encolheu os ombros. — Sou tua amiga, sinto que sou tua amiga, ouviste? Não preciso que sejas tu a iniciar a confissão. Sou tua amiga, tua amiga... Sabes? É bom sentir a amizade...

Genoveva continuava com as mãos nos cabelos de Berenice e um pé descalço, para baixo e para cima. Sentia-se envergonhada por não ter sido a primeira a falar. Faltara-lhe a confiança em si mesma. De que serve esse seu desejo de oferecer aos outros as palavras que eles esperam se nunca se atreve...? Não ignora que tem falhado com Gabriel, não ignora que tem falhado com os alunos.

Virada para a janela, Berenice não podia ver os olhos alagados da amiga.

— Que farias tu no meu lugar? — Contou a história da ameaça de César, mas como lhe escondeu o nome, Berenice não pôde reconhecê-lo. Ah, essas palavras não auxiliavam Berenice, eram uma busca de auxílio! Uma busca de auxílio!

— Que hei-de responder-te? — Perfeitamente incapaz da mesma franqueza, incapaz de lhe contar a aventura com César, por exemplo.

— Não sei que faça... No fundo não tem importância, mas... Vês? Era aborrecido, os colegas, os pais... Não é que tenha uma grande importância, mas... — Deixava as frases por acabar.

— Que diz Gabriel?

— Não sabe.

Surpreendida, Berenice voltou-se para ver os olhos de Genoveva.

— Porque não lhe confessaste?

— Não fosse Gabriel supor que era uma armadilha para o decidir a casar-se mais cedo...

— Genoveva! Que disparate!... Mas não têm confiança um no outro? Há segredos entre vocês? — Pergunta inútil: Não os tinha havido entre Berenice e Raul, Berenice e Carlos Alberto, Berenice e Ramiro?

— É uma ilusão supor que não há segredos, Berenice. Verás... Sim, há confiança entre nós dois, e no entanto...! Não te sucede o mesmo? Há sempre, apesar dos anos que passam, um abismo, uma zona intransponível...

— Eu sei. Guardamos os sentimentos, como guardamos uma caneta ou um livro que são nossos e não queremos emprestar. Fomos educadas com a mentalidade de proprietárias de coisas, isso contaminou as nossas emoções. Proprietárias também de sentimentos... — Estas palavras eram de Raul, o Raul adolescente. Já ninguém se lembrava delas, e Berenice podia brilhar. — Temos de aprender que os meus sentimentos não são apenas meus mas dos outros, dos outros a quem também dizem respeito... Socializá-los, acabar com o egoísmo...

Gabriel recordara ontem a Genoveva, precisamente ontem, aquelas palavras de Raul.

5

— Estive com Berenice... Descobrimos a amizade... — A voz de Gabriel devolveu-lhe a frase:

— Descobriram a amizade...

— Sim, descobrimos a amizade... Sabes o que é a amizade? — Gabriel ouviu uma gargalhada. — É oferecer um disco.

— Estás misteriosa.

— Estou satisfeita, Gabriel. Berenice, a egoísta Berenice, é minha amiga, eu sou amiga dela. — Fez uma pausa e recomeçou: — Vês? Vesti-me para ti. Calcei estes sapatos novos, esta saia nova, para ti. Penteei-me para ti, pus-me bonita para ti.

Gabriel sorriu o sorriso da felicidade perfeita. Tinha os olhos muito abertos, os ouvidos muito atentos para que nada daquela imagem íntima de Genoveva se perdesse: a voz meigamente áspera, o busto pequeno, comprimido contra a mancha vermelha do casaco de lã, os sapatos pretos e decotados.

— Conta-me uma história — disse ela.

— Que história te hei-de contar? — Estendeu a mão ávida e passou-a ao longo dos cabelos de Genoveva.

— Não sei. Uma história — respondeu ela.

— Um dia serás a minha mulher.

— Terminaste?

— Dá-me a tua mão — pediu Gabriel. — Assim poderei inventar melhor a história.

— É bom!

— É bom!

Distraindo-se do resto do mundo, a atenção de Genoveva ficou presa às mãos duras de Gabriel, à agressividade doce das polpas dos dedos correndo-lhe ao longo dos braços.

— Deixa-me beijar-te — disse ele.

Genoveva estendeu-lhe os lábios.

— Nunca te havia beijado e é bom beijar-te.

— Sim — murmurou ela, os olhos fechados.

— E beijar os teus olhos e passar as mãos pelos teus cabelos. Sabias como é bom senti-los dentro das mãos?

— Não estou dentro das tuas mãos.

— Estás.

— Estou fora.

— Dentro.

— Fora.

Uma estrela brilhava do outro lado da vidraça. Habituados ao quarto sem luz, os olhos de Genoveva foram repousar para lá.

— Ouve — disse ela. — Conta-me a história da Lua. Não a vejo, será que já morreu?

— Um dia a Lua foi arrancada à Terra e ficou lá em cima.

— Porque ficou lá em cima?

— Não sei. Foi assim. Mas teve saudades...

Os braços de Gabriel envolveram-na num arrepio morno que a trespassou. Tímido, ele nunca ousara ir mais longe, prendera-lhe apenas os braços e as mãos. Tímida, ela não ousara também. Limitava-se a olhar para ele com os seus grandes olhos cinzentos, como se esperasse por qualquer coisa, mas não se atrevia a fixá-lo por muito tempo, desistia logo.

— Jogamos ao sisudo?

Aproximou a boca das orelhas de Genoveva. Afastava-lhe os cabelos para melhor as beijar, primeiro uma, depois a outra.

— É bom — disse ela, a voz áspera, mas infinitamente branda.

— E os teus ombros, Genoveva.

Deixaram que as palavras se calassem, prolongaram-lhes a mudez.

— Lembro-me da primeira vez em que te falei, tinhas uma bata azul.

— Como...? — perguntou Genoveva, beijando-lhe as mãos, ouvindo-o mal.

— Que me lembro da primeira vez em que te falei.

— E que dissemos nós?

— Pedi-te licença, não te lembras? Estorvavas a entrada da porta, mas eu podia esperar, não tinha pressa, era apenas para te conhecer.

— Não dei por nada. — Apertava-lhe as mãos com vigor, para que ele se esquecesse.

— Eu dei. Afastaste-te com um sorriso. O teu sorriso é o mesmo. Mas foi um sorriso distraído...

— Amo-te.

— Ah, Genoveva, Genoveva...

— Amo-te.

Estendia-lhe os lábios vermelhos e húmidos, Gabriel esmagou--os com força. Sem querer feriu-a com os dentes. «Bruto!», disse ela, feliz, sentindo o gosto doce do sangue e passando a língua pelo lábio rasgado.

Gabriel cingiu-a com força. «Magoei-te muito?» Afastara-se um pouco, para a ver melhor, e concluíra:

— Da segunda vez foi a propósito duma intervenção tua na aula, lembras-te?

— Lembro-me.

Foi ela que abriu a blusa? Ele? Aproximara-lhe os lábios do busto, beijou-lhe lentamente o curto vale que se rasgava entre os seios.

— És tão bonita! — correu a sua voz através do telefone.

Genoveva corou.

— És tão bonita! — insistiu, apertando-lhe as mãos.

Como se estivessem juntos, como se não houvesse entre eles paredes e ruas e quilómetros. Ah, unidos apenas por um delgado fio de cobre!

QUINTO CAPÍTULO

1

Depois do café, Jaime e Gabriel (que moravam para os mesmos lados) acompanharam Ramiro até à paragem. Ramiro dispunha-se já a saltar para o eléctrico quando Jaime lhe perguntou:

— E este ano? Já preencheste a meia hora...? Mais?

Era uma graça que não pedia resposta, um modo afectuoso de dizer boa noite, mas Ramiro sentiu-se na obrigação de responder ao desafio.

— Decerto... — O eléctrico partira, Ramiro não sentia desejos de correr para o apanhar.

Jaime (os olhos castanhos, o cabelo curto, castanho também, o cigarro ao canto da boca) contra-atacou:

— Tens a certeza de que continuarás a pensar assim em Dezembro? — Formulava esta pergunta não por maldade, mas apenas pelo desejo de jogar às palavras.

Sem dar um passo, Gabriel pôs-se de permeio:

— Deixa-te de brincadeiras.

— Sei lá! Muitas vezes são as coisas sem importância que mais tarde nos parecem importantes! — Revolveu com um fósforo a fornalha do cachimbo e despejou a cinza.

Continuavam parados. Ramiro desistira de apanhar o carro seguinte.

— Sei lá! — repetiu, metendo o cachimbo no bolso.

A Primavera chegara tépida, sentia-se na pele, entrava pelo nariz dentro, transformada no aroma branco e amarelo das flores que enchiam as árvores, iluminava os olhos com o corpo subitamente desnudo das mulheres.

— E tu?

— Não lhes tinha dito? — respondeu Jaime. — Deixei a Teodora... — O cigarro minguara, quase lhe queimava os lábios. «Não irás queimar-te?», pensava Gabriel. Mas não. No momento preciso Jaime atirou-o fora.

— Já tinhas contado.

— Não deixa de ser verdade por isso.

— Se fôssemos a uma partida de bonecos? — propôs Ramiro, desistindo finalmente de apanhar o eléctrico. Os *bonecos* jogavam-se nas tabernas e no Parque Mayer.

— Onde...?

Dez e meia, a hora em que Gabriel costuma telefonar. Não que houvesse qualquer obrigação explícita; uma simples tradição, uma tradição que fazia lei. Ainda disse: «O melhor é irmos para casa». Mas os bonecos fascinavam-no, havia mais de quatro anos que não jogava uma partida.

— Vamos já direitos ao Parque Mayer — alvitrou Jaime. — É preferível, a andarmos para aqui e para ali sem saber...

Subiram para um táxi. Sempre era mais depressa!

A primeira mentira. Gabriel podia ainda evitá-la. Porque afinal... Mas era esse, precisamente esse, o sentimento que tantas vezes o preocupava: a falta de vontade própria perante os outros dois, incapaz de lhes resistir. Ajeitou o colarinho, compensando assim a derrota sofrida.

— Tenho de telefonar à Genoveva. — Era um pedido de auxílio. Talvez Ramiro o ajudasse dizendo: «Bom, então o futebol fica para amanhã, vamos para casa».

— Deve lá haver uma cabine — limitara-se o amigo a responder.

Havia de facto.

— Não queres...?

— Não faz mal... — Desistira. Explicaria mais tarde.

E quando na manhã seguinte se justificou («uma chamada urgente, quando cheguei a casa já era muito tarde») Genoveva pressentiu o engano, talvez porque a voz de Gabriel se embaciasse um tudo-nada. Não podia imaginar o quê, mas um deus interior avisava-a da verdade. «A primeira mentira», pensou, consciente de que achara o título para uma nova fita com o Amedeo Nazzari. Ela não ignorava que ele era médico sem doentes, que exercia clínica muito vagamente na empresa administrada pelo pai. «É o momento de agires, Genoveva! Rasga essa traição, não permitas que ela fique entre vocês, que vos afaste para sempre. Uma palavra apenas: Gabriel! — Então ele cai em si, confessa a verdade: Não, Genoveva. O que te disse é falso e não podemos enganar-nos um ao outro».

Também: «Valerá a pena evitar a primeira mentira? A vida seria uma eterna luta para que ele não mentisse, para que eu não mentisse também. É mais fácil deixar que as coisas corram por si mesmas...».

Não tinha forças. Hoje ainda poderia lutar. Mas faltava-lhe coragem para amanhã. Decidira falar-lhe da carta de César, mas desistiu igualmente. Não, não era possível defender a felicidade completa, a felicidade baseada em palavras verdadeiras.

Com o desespero na alma, respondeu:

— Foi o que eu pensei... A vida de médico é assim, não é? — e sorriu.

2

Berenice cobrira-se com um lenço de seda, um lenço onde se estampavam, imóveis, velhos automóveis de mil e novecentos, líricos, coloridos, mas disformes porque amoldados à cabeça, às orelhas e ao queixo.

— De que cor são os teus cabelos? — perguntara Ramiro, descobrindo, ao mesmo tempo, que se esquecera dos fósforos.

— Não digo.

— Preciso de saber.

— Escolhe à tua vontade.

Pediu-lhe que esperasse um instante e foi comprar a caixa de fósforos. Regressou com o cachimbo aceso. O fio da conversa perdera-se.

— Nunca mais pensaste em repartir o tal dinheiro?

— Pensar, tenho pensado... A resistência às tentações do mundo é difícil, não sabias?

— Sei.

— Qualquer benefício a meu favor significará sempre que alguém perdeu qualquer coisa, porque a riqueza do mundo não é elástica. Receber a dádiva é conformar-me com a injustiça, conformar-me com a injustiça é desertar. — Sorriu. — E todos nós, mais ou menos, estamos conformados. No fundo, quem sabe se não pensarei muitas vezes: «A revolução social? O quê? Mas terás algumas vantagens?» Bem sei que a revolução social não me dava vantagens, eu perderia até... É vergonhoso, Berenice! E quando digo que perderia... Perderia de facto? Materialmente, talvez... Mas tinha a consciência repousada, deixava de viver com a riqueza que não me pertence. Desertámos! E não é um crime grave, um crime tanto mais grave quanto é certo termos consciência da nossa deserção? Os fabricantes de armas, os traficantes de carne branca têm desculpa. Nós não, nós somos os mais miseráveis dos homens...

— Por exemplo: se viesse de novo o dilúvio, se Noé de novo construísse uma arca, algum de nós seria escolhido para sobreviver?

— Não.

— É grave... — Geralmente Berenice preocupava-se pouco com este tipo de problemas, mas as palavras de Ramiro davam-lhe um pretexto. — Nem temos ilusões... Temos a certeza... — Sorriu. — Se fundássemos uma sociedade? A sociedade dos candidatos à arca de Noé? Artigo único: que cada um procure ser digno dela...

Caminhavam em silêncio e um pingo de chuva foi cair na testa de Berenice.

— Está a chover?

— Acordei com uma impressão estranha e não sabia como lhe chamar.

Berenice:

— Há pouco, quando te vi no passeio do outro lado... A verdade é que estava à tua espera, acreditas? Se soubesses como me sinto feliz!

— Não.

— Esperava-te. Tinha a certeza de que te havia de encontrar. E encontrei-te... — Repetiu: — Se soubesses..., uma felicidade estranha!

— Esse vestido é tão bonito, Berenice... — Com suavidade, sem ninguém ver (estavam na rua), ele fingira ajeitar-lhe a gola do casaco, passara-lhe os lábios pela face tépida. — Tão bonita...

Um fio de chuva deslizou-lhe pelo nariz. — Tão bonita...

— Ramiro!

Olharam ambos para as nuvens, nuvens que se sobrepunham, umas brancas, cinzentas outras. Aqui e ali, uma vaga transparência azul era um sinal de esperança.

Uma terceira gota, uma quarta, uma quinta — agora já não era possível contá-las. Por sorte passavam em frente duma leitaria.

— Entramos?

Sentaram-se na mesa do canto e pediram duas bicas.

— Tens visto Genoveva? — perguntou Ramiro.

— Vi-a ontem. Não sei porquê... Pareceu-me triste...

— Ora!

— Nunca fala de Gabriel... Não seria natural que falasse?

— Sempre foi reservada.

A chuva engrossara e dois rapazes novos sentaram-se perto deles, conversando muito alto.

— Era uma gaja de apetite, pá. — Sentindo-se escutados, enfraqueceram a voz.

Ramiro:

— Tinhas dito: feliz! Pois: é a palavra. Há palavras tão vulgares que acabamos por esquecê-las. Ou perdemos o hábito, o que vem a dar na mesma. — Murmurou: — Não sei, qualquer coisa, seja o que for, não interessa... Mas é a palavra, é a palavra. Eu sentia uma estranha impressão, uma boa impressão. Quando te vi no outro passeio essa impressão aumentou, mas eu continuava sem saber como lhe chamar. Ou melhor: não me lembrei de lhe dar um nome. Mas tu achaste: feliz. O que eu sentia, Berenice, era felicidade, felicidade, ouviste? — Tirou os óculos.

O rapaz mais novo:

— Ela fez que não me ligava, mas tu compreendes, eu já não vou em conversas e fui sempre insistindo. Tem uns peitos..., só queria que tu visses! Ainda não consegui nada, mas é garantido, pá, um dia destes... Chama-se Teodora, foi no outro dia, um dia de chuva, como hoje. Tinha-me abrigado num portal, ela também, e meti conversa.

— Querido Ramiro! — disse Berenice, os ouvidos fechados, os olhos abertos.

— Que bom teres descoberto a palavra! Uma coisa tão simples que nem me passou pela cabeça! — Revolveu com a colher o açúcar meio acastanhado que revestia o fundo da chávena. — Será que nos habituamos às palavras e nos desabituamos dos sentimentos que elas designam? — Repetiu: — Porque eu hesitava: que nome dar a esta sensação tão simples? — Pausa. («Combinei encontrar-me com ela amanhã» — dizia o outro.) — Vês? Feliz, Berenice...

— Não vamos abrir as mãos, não vamos deixar escorrer delas a alegria. — Por cima da mesa estendeu-lhe os braços, estendeu-lhe os dedos. — Seremos felizes, sempre felizes, nunca permitiremos que a felicidade morra...

Deixara de chover. Mas nem todos os guarda-chuvas iam fechados. Uma senhora distraída, um homem absorto, caminhavam de chapéu aberto.

Ramiro pôs três escudos na mesa. Levantaram-se.

— Não era nada má — dissera o rapaz mais novo, a propósito de Berenice.

— É mesmo boa — reforçara o outro.

— Que tarde se passava com ela na cama!

— Caramba!

— Viste-lhe as mamas?

— E as pernas. Uns joelhos que são mesmo um mimo. E tem umas coxas...

De novo na rua, sentiram a frescura da chuva recente, a atmosfera lavada.

— Não sabemos o que significam muitas outras palavras. — As solas chapinhavam nos passeios molhados. Ramiro estacou em cima dum charco, sorriu para Berenice. — Sabes o que significa a palavra tristeza?

Hesitação. Depois, ela fechou os olhos e pôs as mãos na testa com o ar concentrado de quem procura resolver um enigma.

— Tristeza, Ramiro? Tristeza...?

— Tristeza.

Fingia um ar preocupado como se estivesse a resolver um problema.

— Tristeza, Ramiro? Espera... Não é o nome, o nome... Não, não me recordo bem. É o nome duma flor africana, africana ou chinesa, uma flor exótica...

— Cresce no Pólo Sul... Uma flor da família das infelicionáceas. — Continuava a representar: Mas já viste alguma?

Os rapazes do café decidiram sair.

— A tal tipa muito boa vai ali à frente — disse um deles.

— E sempre com o mesmo gajo.

— Que te parece? Vamos segui-la, sem ele dar por isso. Aquilo de ter mostrado as pernas era capaz de ser de propósito.

— É boa — repetiu o outro. — Que grande noite se passava com ela!

Berenice pusera a mão na testa como quem faz um grande esforço de atenção.

— Se já vi uma tristeza...? Nunca vi nenhuma.

— Não, não viste — resumiu ele. — Não sabemos o que é a tristeza, só sabemos o que é a felicidade... A felicidade, a alegria, a doçura de viver...

3

Dias depois César encontrou-se com Berenice. Várias semanas se haviam passado, Berenice soubera notícias dele por terceiras pessoas, soubera que voltara a casa, que desistira do emprego, que nunca mais fora ter com a namorada. Perguntou-lhe:

— Não consegui ainda compreender. Porque deixaste a Isabel? Estive no outro dia com ela, conversámos... Porque dizes que é estúpida? Não é... E precisa tanto que a auxilies!

— Que a auxilie? Como, se eu próprio preciso de auxílio?

— Não são coisas incompatíveis, pelo contrário...

— Não nasci para ajudar ninguém, Berenice. Nasci para ser ajudado.

— Todos nascemos para ser ajudados e não para ajudar... Por isso mesmo é que temos de ser carinhosos... Quem sabe? Socorrer os outros é uma forma de nos socorrermos a nós próprios...

— Que sugeres? Dividimos o tempo ao meio... De manhã ajudo eu a Isabel e à tarde ajuda-me ela? Seria difícil, não tenho dinheiro para comprar um relógio.

— Ofereço-te o relógio...

— Quando te casas com Ramiro? — interessou-se ele, cortando a conversa, estendendo melhor as pernas. Estava sentado no automóvel de Berenice, mas não tinham decidido ainda se dariam ou não um passeio.

— Queres ir a algum sítio especial? — Ligou o motor.

— Quando se casam?

— Quem sabe? Nunca... — O motor trabalhava lentamente. Berenice repetiu: — Tens algum sítio preferido? — permaneciam parados.

Abstendo-se de obter uma resposta, César mudou de assunto.

— Depois da nossa última conversa fui várias vezes às tais casas... E levado pelo Ramiro, acreditas?

— Não me admira.

— Ele sabe que tu o enganas?

— Acabas de dizer que ele me engana...

— É isso que me perturba. Porque não são vocês sinceros um com o outro? Ramiro frequenta essas casas. Mas é de ti que ele gosta.

— Desconhece que seria muito fácil seduzir-me.

— Porque não lhe dizes?

— Ficaria desesperado.

— É estúpido afinal.

— Porquê? Tu também ficaste desiludido.

— Que ideia!

— Ficaste...

César não se atreveu a olhar para Berenice, tinha os olhos fixos na velhota que atravessava a rua, lá muito adiante. «Fiquei», acabou por confessar.

— Eu sabia. E foi por isso que não me procuraste mais, não foi por simpatizares com o Ramiro. Digo bem?

— Dizes.

Berenice carregou no pedal até ao fundo. A vibração do motor transmitiu-se às portas e à capota, mas o carro não se moveu, estava em ponto morto.

— Porque me procuraste hoje? — disse ela.

— Por nada... Tinha saudades tuas. — Tentou emendar a sinceridade. — Eu estava a brincar. Não fiquei desapontado, é claro...

— Porque mentes? — César não se atreveu a responder.

— Sabes quantos habitantes tem presentemente a China? — Berenice olhou para ele, mas César absteve-se de a informar. — Consegui nota em Ciências Naturais. E de que maneira? Ameaçando a professora... Escrevi-lhe uma carta, disse-lhe que a vira abraçada na Caparica, e vira-a de facto...

— É incrível, César! — Desligara o motor. — Não sabia que Genoveva era tua professora. Ela contou-me... Como pudeste fazer uma coisa dessas? — Engata o carro em primeira, em segunda, em terceira, em quarta.

— Não me posso atrasar mais... Que mal teve? Vês, não era irremediável ser reprovado... Justa ou injustamente passei e é importante para a minha vida passar... Um ano perdido para quê? O mundo ganhava alguma coisa? — Berenice não dizia uma palavra. — Sabes? Se ela resistisse à ameaça não teria coragem de a denunciar... Nunca tive essa intenção...

— Genoveva cedeu... — Sentia-se desgostosa. Mas não era preferível assim, preferível que César fosse aprovado?

— Transigiu cobardemente e o risco era quase nulo! Por isso não senti pena. Eu sabia, de resto, que ela era tua amiga. Estive para te pedir uma cunha... O efeito teria sido o mesmo, mas bastante menos engraçado. Menos honesto.

— Passa-se uma coisa terrível contigo. Estás a tornar-te cínico. — Ligou outra vez o motor.

— Não é verdade... Gosto de Isabel. Sabes? Se andasse com ela seduzia-a com toda a certeza. Foi por isso que a deixei. Quem assim procede não é cínico...

Berenice pegou no braço de César, pegou-lhe na mão.

— Ramiro dizia que tu estavas apaixonado por mim. É verdade?

— Em tempos — respondeu ele. — Não sei explicar-te... Mas naquela noite, na manhã seguinte, acabou-se tudo.

— Eu sabia. Devo contar a verdade a Ramiro?

— Não contes. Assim ele continuará a gostar de ti.

— Devo mentir?

— Acho que sim.

— Mas há uma coisa que não percebo, gostaria que me explicasses. Crês que eu sou uma mulher indigna?

— Não.

— Crês que sou digna, que se pode confiar em mim?

— Creio. Também não te sei explicar.

Ela repetiu:

— Porque me procuraste? Não tinhas dinheiro?

César hesitou:

— Não tinha dinheiro.

— Procuravas uma mulher qualquer e eu era a mais acessível ou era a mim mesma que buscavas? — Destravara o automóvel, ele deslizou lentamente na rua desimpedida.

— Não sei. Eu talvez goste de ti. — Abraça-a, encosta a cabeça ao peito dela. — Gosto e não gosto. Viveria contigo feliz, muito feliz, desde que nada tivesse sucedido entre nós.

— O receio de que tenha sucedido entre mim e muitos outros a mesma coisa?

— Não... Não sei explicar, mas não é isso... Poderia viver eternamente contigo se te beijasse, se te fizesse festas, compreendes? A vida inteira a afagar-te assim como agora. — Beija-lhe os ombros, beija-lhe a face. — Mais, não... o resto enoja-me, gosto, mas enoja-me... — Pausa. — Sabes? É isso que eu nunca pude perdoar aos meus pais. Seria possível? Seria possível que entre eles tivesse havido uma coisa dessas? Recusava-me a acreditar e, no entanto, eu próprio era prova de que sim! Perdi todo o respeito por eles, compreendes? Pensar que a minha mãe... É horrível! Não posso permitir que isso suceda contigo, Berenice...

4

Daí a três dias, os anos de Genoveva.

— Não, não me perguntes... — respondeu ela. — Já não sei se fiz vinte anos, não sei mesmo se fiz vinte e um... Procuro lembrar-me: qual era a cor dos meus vestidos quando tinha vinte primaveras? É assim que se diz: primaveras... Que pensava? O que fazia?

— Passaste pelos vinte anos há tão pouco tempo! Porque finges que não te recordas? Para quem estás a representar?

Foi Gabriel que se lembrou — quem havia de ser? Uma festa! Uma festa!

— Claríssimo — entusiasmara-se Berenice. — Uma festa! — O cunhado era dono duma casa em Alportuche, raramente ia lá. «Deixas-me levar uns amigos?», pedira-lhe.

— Convidamos Jaime, vejo-o sempre tão só!

Ramiro objectou:

— Precisaríamos de inventar uma rapariga para ele!

— Inventaremos... — Berenice multiplicara-se em telefonemas. Não havia ninguém que não tivesse o domingo ocupado, acabou por se lembrar de Isabel! Não seria até um modo de se distrair? — Apaixonar-se-á por ti — disse, para lhe quebrar a resistência. Jaime embirrou: não ia. Mas foi. «Quem sabe?», pensara. O mundo é tão estranho! «Quem sabe se essa tal desconhecida não será a mulher que eu procuro?»

— Ah — exclamou Genoveva, quando a viu. — Mas nós conhecemo-nos! — Um sorriso levemente contrariado.

— Como? — retorquiu Berenice, fingindo nada saber. Isabel saíra do automóvel, estendia a mão à professora.

— A Isabel é minha aluna... — esclareceu Genoveva. Estavam em frente uma da outra. Isabel nunca mais a procurara e essa falta pesava entre as duas.

— Não entram? — perguntou Berenice. Levara o carro da mãe, um *Jaguar* branco. — Não posso estar aqui parada... — Professora e aluna hesitavam. Qual das duas deveria entrar primeiro? — Cabem as duas à frente — insistiu Berenice, sem perceber a demora. Genoveva entrou, Isabel entrou.

— Era preferível ser eu a primeira, o lugar de fora é melhor... — disse Isabel, mas demasiado tarde.

— A porta está bem fechada? Deixem ver... — Berenice estendeu a mão para experimentar o trinco. — É formidável! É formidável! — disse, satisfeitíssima. — Como é que eu não sabia? — Debruçara-se sobre o volante para ver melhor o rosto de Isabel.

— Tens gasolina?

....

— Ah, é verdade! Parabéns!

Abriram as portas e as janelas da grande sala que dava sobre o mar. Ramiro:

— É uma festa... Não basta discutir, como das outras vezes. Uma festa é diferente!

No alpendre, desenraizado, Jaime observava as ondas escuras que invadiam a praia. Através da porta envidraçada, Isabel observava-o a ele. Aproximou-se. Tinha o ar agreste, a face angulosa, o corpo imaturo. Bonita, não. Atraente. Sorriu. Haviam dito apenas meia dúzia de palavras insignificantes!

Isabel apontou para os dois pares (Genoveva e Gabriel sentados numa rocha, Berenice e Ramiro molhando os pés).

— Não poderemos contar com eles. Estamos os dois sozinhos.

Perdido até ali no vago das suas sensações, Jaime descerrou as pálpebras.

— Sim, apenas poderemos contar connosco. — Lembrava-se dos conselhos de Berenice: «Fala-lhe de livros, de cinema, do que quiseres. Isabel saberá ouvir-te e dar-te-á sempre resposta». Mas quem falava era ela, afinal.

Isabel:

— Dancemos... Quando não há nada que dizer, pode-se dançar. E chega a ser divertido... — Vendo-lhe as pálpebras outra vez semicerradas: — Quer os meus óculos?

— Obrigado.

— Porque não?... — Estendia-lhos com um sorriso malicioso.

— Não me servem — disse ele tentando pô-los no nariz.

— Lá dentro está menos sol... — Tinha um ar infantil, um ar franco e feliz. Repetiu: — Porque não dançamos?

— Danço pessimamente... — Mentira. Não sabia dançar.

Isabel riu-se.

— Que importa? — Pegara-lhe no braço, arrastou Jaime para dentro da sala.

Ele sentia-se tímido, incapaz de fugir à pressão leve dos dedos de Isabel, incapaz duma recusa. E no entanto odiava-a. Aquele à-vontade de Isabel era consequência duma educação muito diferente, o produto duma convivência mais larga, o resultado de muitas coisas e de muito dinheiro. A expressão humilhante e exacta que o assaltava era esta: pertenciam a meios diferentes. E ela sabia...

Isabel escolheu os discos que lhe convinham. Este sim, aquele não. Bruscamente as árvores e as ondas sumiram-se na música sincopada que subia para o tecto. Isabel avançou direita a ele, com a sua saia de pregas, a sua camisola vermelha, o seu minúsculo seio acabado de nascer.

— Não sei dançar — insistiu agressivo, superior àquelas coisas.

Com a boca muito pintada, Isabel sorria.

— Não faz mal. Eu ensino. — Afastou uma cadeira, pediu-lhe que a ajudasse a desviar a mesa para um canto. — Cuidado com a jarra, é cristal antigo — disse, humilhando Jaime. Afastaram a carpete.

— Vamos? — olhava-o com simpatia. — Não é tão gira esta música?

Pegou no braço direito de Jaime, pô-lo em volta da cinta; com a mão direita apertava-lhe a esquerda e erguia-a. Afastara-se um tudo-nada, deixando entre os dois, sobre o soalho, um espaço livre para poderem observar o movimento dos pés.

— Assim... — disse, avançando uma perna.

— A dançar? — perguntou Genoveva, aparecendo de repente. Jaime estava de costas para a porta, teve de rodar o pescoço, os cabelos de Isabel fizeram-lhe cócegas no nariz.

— Aprendo... — Pretendia ler bem no fundo a significação do olhar de Genoveva, mas desinteressou-se. Contra a luz, o rosto dela perdia-se na sombra. Viu-a deslizar obliquamente para uma cadeira e sentar-se, as pupilas implacavelmente disparadas contra ele.

Tendo sob os dedos a frescura quente das costas de Isabel, Jaime seguiu a claridade que a pouco e pouco se alargava no rosto de Genoveva. Mas a intenção dos olhos dela permanecia obscura, como se a porta ainda lhe estivesse atrás das costas.

— Continuem — disse, sentada na cadeira baixa, as mãos em volta dos joelhos, mais altos do que as ancas, as pernas nuas apertadas uma contra a outra.

Isabel tomou balanço:

— Assim, vê...?

Docilmente, Jaime deixava-se conduzir por aqueles braços esguios, aquela cintura fresca e magra. De súbito resistiu.

— Então?

Ficaram parados no meio da sala.

— Desculpe, Genoveva — disse nervoso. — Não posso aprender a lição com você aí sentada a observar-nos. — Dir-se-ia que continuavam a dançar. A única diferença era estarem parados e não em movimento, o joelho de Isabel queimando-lhe as pernas.

Genoveva ergueu-se. Alcançou a porta da entrada.

— Que mal fazia? — Isabel interrogava-o com uma ruga na testa.

Sem lhe largar a cintura, sem lhe largar a mão, Jaime torce o tronco e segue Genoveva com os olhos, vê-a afastar-se devagar, progressivamente desaparecer, porque desce as escadas do terraço.

— Continuamos?

Continuaram.

— Muito te demoraste!

— Estão a dançar... Fiquei a vê-los! — respondeu com secura.

— Porque não dançamos também?

A voz de Berenice chegou-lhes aos ouvidos:

— Venham! Não imaginam como está bom!

Aproximaram-se de Berenice e de Ramiro. Vendo-os em fato de banho, Genoveva lembrou-se da Azóia naquele dia em que sucedera precisamente o contrário. «Nesse tempo eu era feliz!»

Ramiro e Berenice saíam do mar, os corpos faiscando ao sol. Num movimento brusco — diante dos olhos de Gabriel e de Genoveva — Ramiro apertara Berenice contra o peito. Que impressão maravilhosa sentir o corpo molhado e frio de Berenice, que impressão maravilhosa senti-lo na pele! Beijou-lhe os lábios salgados, a testa, o pescoço. Afagava-lhe com as mãos a nudez das costas, nudez um tudo-nada oleosa da água do mar.

— Gostas de mim? — interrompeu-o Berenice. E em seguida:
— Nunca te cheguei a dizer? Tinha um avião desmontável, comprara-o já não me lembra a que propósito. Ontem saí com ele para o dar ao primeiro rapazinho que se cruzasse comigo. Ficou satisfeitíssimo!

Gabriel pegou nos ombros de Genoveva, mas desistiu. Porquê?

— Fazes hoje anos — disse, procurando desviar-se dos seus próprios pensamentos.

— Gosta de dançar?

— Não sei.

— Como é possível que não saiba?

— Não sei.

— É um modo de passar o tempo quando não há mais nada que dizer.

— De facto.

O disco acabara. Isabel procurou outro.

— Quer continuar?

— Porque não?

Recomeçaram.

Ramiro fez com os dedos um pente, ajeitou os cabelos de Berenice. Ela continuava a apertá-lo, ele continuava a sentir contra o peito o busto ousado, gélido, duro, áspero, doce.

— Tens frio? — Passou-lhe as polpas dos dedos pela pele encrespada.

— Não... — A cabeça sobre o ombro de Ramiro, ela permaneceu assim um minuto, beijou-o depois. Tremia. — Tenho, tenho muito frio...

— Se fôssemos dançar? — propusera Gabriel.

Subiram os degraus. Entraram pela larga porta envidraçada, empurrando para a frente as próprias sombras, sentindo o sol preso às costas. Alguns segundos de silêncio para estudarem o ambiente.

Sabendo-se observado, Jaime desistiu de dançar.

— Podemos? — dissera Gabriel. Enlaçara Genoveva, rodopiavam na sala batida pelo sol. Cadeiras vermelhas, pretas e amarelas. A mesa baixa com tampo de vidro, a jarra de cristal em cima. Um fio de música.

Isabel:

— Gosto de dançar. Quando se dança não se pensa.

— Pensar é bom.

— Não.

Gabriel:

— Quem havia de dizer há um ano que estaríamos aqui hoje? Que fizeste tu então?

— Chovia, lembra-me que chovia. De manhã tive liceu, algumas alunas souberam... Ofereceram-me flores. A turma era muito simpática, uma turma de Germânicas.

Berenice vestiu-se atrás duma rocha, Ramiro atrás doutra.

— Estava bom! — gritou.

— Não, não, Berenice. Não era o mar, eras tu...

Um prazer infinito naquelas palavras porque aquelas palavras tinham a inocência da situação em que se achavam: nus e frescos, cada um atrás da sua rocha, sob a luz branda dum sol primaveril.

A agulha riscou a última estria. Um gesto de Isabel e a música renasceu.

— Poderei dançar consigo, Gabriel? — Inclinara a cabeça na direcção de Jaime: — Nós temos o dia inteiro para dançar...

Com o cigarro na boca, Jaime aproximou-se de Genoveva.

— Como se chama esta canção?

— Não sei.

Ensaiaram os primeiros passos. De princípio desentenderam-se, Jaime pisou-a duas vezes.

— Já ouvi esta música — insistiu Jaime. — Não era duma fita?

— Afinal dança muito bem...

— Quem me dera uma casa assim — exclamara Gabriel.

— Mas o Gabriel conversa? — Isabel estacou.

— O que foi? — quis saber Genoveva.

Isabel não lhe respondeu. Dizia para Gabriel: — Mas então porque dançamos nós?... — Conduziu-o até ao sofá, sentou-o, foi buscar uma cadeira. — Conversemos — propôs, aninhando-se na frente dele.

— É uma rumba...

— Não, não. Gosto de ir aos bailes porque não é preciso falar... Mas se pudermos falar...

— Posso falar-lhe do comboio eléctrico que comprei ontem. Para mim e para Genoveva.

— Ela gostou?

— Disse que sim, mas não tenho a certeza.

— Uma fita que esteve no Tivoli.

— Que tem feito, Jaime?

— Desde aquele dia em que almoçámos juntos?

— Sim... («Genoveva!» — ouvira dizer atrás das costas. Era Jaime, o cigarro na boca. Sentia-se humilhada, dera um doze a César. Fora para o conselho com a firme intenção de não ceder, mas o rosto dos outros professores meteu-lhe medo. Que diriam eles se soubessem que estivera na Caparica? Tinham um ar estúpido. Com medo, rendeu-se. Nunca chegara a confessar nada a Gabriel, mas vendo o sorriso de Jaime — não soube como isso foi — contou--lhe tudo. «Deixe essas rugas na testa — disse ele. E a seguir: — Ouça, vamos correr os dois pela avenida abaixo». Sentia o intenso desejo de ajudá-la, de pôr no mundo esse pequeno gesto de simpatia. «Mas...» — «Deixe-se de reticências. O resto não interessa. Vamos correr juntos porque isso nos agrada... — Hesitação. — Não quer? Se não quer diga. Eu não me zango». Genoveva reparou nas pessoas que se cruzavam com eles. Aquele homem de bigode... Seria ele capaz de dizer palavras de amor, seria capaz de amar, de proferir palavras líricas...? E aquela mulher do casaco azul... «Eu não me zango» — repetiu Jaime. «Quero.» De mãos dadas começaram a correr. «Aposto que nunca tinha corrido, aposto que não corria há muitos anos...» Cansados enfim, Jaime disse: «Está melhor?»).

— Mas não tenho feito nada... — Os olhos cinzentos de Genoveva, as mãos apertadas, a carícia dos joelhos. — Às vezes penso em si.

— E como Genoveva desviasse os olhos: — Em si, em Gabriel, em Ramiro, em Berenice. Às vezes também penso em mim. E a Genoveva? — («Quer almoçar comigo?» — «Não posso.» — «Pode...» — «Está bem»).

— Se também penso em si?

Gabriel:

— Não, não. Você não pode fazer ideia. Apareceu-me lá ontem uma pobre mulher... De que sofria ela? De miséria... Teve doze filhos, cinco dos quais são vivos... Estive para lhe dizer: a senhora não tem nada. Repouse... Repouse...

— Mas deve ser interessante, conhece-se muita gente, muitos casos diferentes... Gostava de ser médica!

Gabriel hesitou. Devia continuar o discurso ou dizer-lhe que era preferível seguir outra carreira? Escolheu um meio termo:

— Não tive coragem de mandá-la repousar, era um conselho inútil. Fingi que era um caso de remédios. Receitei-lhe uma caixa de injecções. — Um sorriso. — Continua a querer ser médica?

Ramiro e Berenice aproximaram-se, atraídos pela música.

— Não é bom fazer anos? — disse ele, erguendo a voz para que Genoveva ouvisse.

Sob a pressão muito ao de leve dos dedos longos de Jaime, Genoveva respondeu:

— Envelhecemos. Como te atreves a dizer que é bom?

— Palavras para depois dos trinta.

«Vinte e dois de Abril», pensou Berenice. Vestia uma camisola azul tão decotada que os seios lhe nasciam sob os olhos de Ramiro. Ignorando os outros, ele descera a boca sobre o decote, beijara-lhe lentamente o busto.

— Nada de maus exemplos. Temos graves responsabilidades. Está aqui uma discípula de Genoveva — interveio Jaime, deitando um olhar para Isabel.

— Gostas de mim? — perguntou Ramiro.

— Pois duvidas?

Amanhã Ramiro olhará para o lenço de Berenice: um lenço com muitos cavalos, os vencedores dos «Derbies» de 1920, 21, 22, 23, 24... Um lenço que lhe cobria os cabelos.

— Qual é a cor dos teus cabelos?

Ela sorrirá.

— É a cor que tu gostares.

Num gesto rápido arranca-lhe o lenço e os cabelos soltam-se, subitamente loiros.

— Pintaste-os?

— Imitei-me a mim mesma...

— Nós, outra vez?

Com uma ruga na testa, Jaime dirigia-se a Isabel.

— Nós...

Recomeçaram.

— Prefere falar? — Olhava-o de soslaio, simultaneamente tímida e ousada.

— Não.

— Mas eu posso, eu sei... («Não sabes conversar», tinham sido as últimas palavras de César.) — Deram uns passos rápidos, algumas voltas bruscas. — Não aprendi apenas dança. — Separou-se dele e fez uma pirueta.

— A Karsavina! — disse Ramiro. — Afastaram-se todos do centro da sala e Genoveva tropeçou numa cadeira.

— Sei dançar em pontas, acredita? — Voltara-se para Jaime, não queria saber dos outros.

Espantado, Jaime observava-a sem uma palavra, seguia-lhe com dificuldade o rumo das ideias.

— Mas não é só isto. — Deu outra pirueta e ficou em pose. — *Attitude* — disse. Prosseguiu: — Agora um *arabesque*. — Equilibrava-se numa só perna, recuando a outra, um braço para diante, um braço para trás. — Que tal? — Não quis saber da resposta. — Veja: *entrechat*. — Elevou-se cheia de elegância, bateu com os pés no ar. — Gosta? *Pas de bourrée*. — Corria com passinhos miúdos como se deslizasse na cera do soalho. — Sei muitas coisas. Por exemplo... — assim como o levara para dentro da sala, assim também o levou para fora. — É verdade! O sol faz-lhe impressão, não é? — Tirando os óculos escuros do bolso da saia, disse: —Espere... — partiu uma das hastes. — Servem-lhe agora? — Ela mesma lhos pôs no nariz. — Silêncio! — acrescentou, porque ele quisera interrompê-la. — Por exemplo, por exemplo..., o que há-de ser? Sobre arte? Ah, o meu pai não se esqueceu de nada, apetrechou-me para todas as conversas e somente o Jaime despreza as minhas virtudes (César: «Não sabes conversar»). Sim, posso discutir todos os assuntos. — Suspendeu o discurso. — Que tal os óculos? — Não ouviu a resposta. — O que deseja saber? Arte egípcia? — Declamou: — «Berceau d'une des plus anciennes synthèses sociales de l'humanité, la vallée du Nil a vu naître la première tentative humaine dans l'art de bâtir»[1]. — Perante o ar petrificado de Jaime susteve-se. — Não gosta, porventura, da arte do Egipto... Talvez prefira a arte primitiva cristã... Também sei. «L'altération de la plastique antique se résorbant progressivement sous l'influence orientale à partir du...»[2] Não? Prefere a música, talvez a ciência. «Les deux premières parties de cet ouvrage nous ont permis de situer la naissance et l'évolution de la science... Dans son ensemble, cette troisième partie est consacrée à la période que s'étend...»[3] Ter-me-ei enganado? Não, isto não era

---

[1] «Berço de uma das mais antigas sínteses sociais da humanidade, o Vale do Nilo viu nascer a primeira tentativa humana na arte de construir». [N. da R.]

[2] «A alteração da antiga plástica foi gradualmente reduzida sob a influência oriental da...». [N. da R.]

[3] «As duas primeiras partes deste livro permitiram-nos situar o nascimento e a evolução da ciência... No seu conjunto, esta terceira parte é dedicada ao período que se estende desde o...». [N. da R.]

para decorar, creio... Espere, a ver se me lembro... — Fingia um grande esforço de memória, levara as mãos à testa, dobrava-se para trás, mexia nos cabelos, punha a língua ao canto da boca. — Não me diga... Depois de todo o dinheiro que o meu pai gasta com a minha educação vou fazer uma fraca figura? Ouça... — Bateu palmas, riu--se a bandeiras despregadas. — Pode ser outra coisa, vejamos... Literatura. — Perante o continuado e doloroso sorriso de Jaime, prosseguiu: — Calvino. «À côté de Rabelais, Calvin (1509–1564) nous présente son visage blafard de raisoneur fanatique. Étudiant en Droit et en Théologie (devo preveni-lo de que se não me manda calar nunca mais acabo), il mène une vie de voyages et de fuites. Un an après la...»[4]

Sem uma palavra, fascinado, Jaime seguia os gestos de Isabel, a sua face afogueada, os seus olhos vivos, essa excitação interior impossível de extinguir. Deixava-a continuar, preso àquelas palavras que lhe enchiam os ouvidos.

— «Mais *l'Institution chrétienne* demeure un livre important dans l'histoire des idées.»[5] — Abriu uma pausa e disse: — Segue-se Bonaventure des Périers. «Bonaventure des Périers est un peu trop oublié. On ignore la...»[6]

— Basta de literatura, Isabel.

— Prefere moral? «Students of ethics are apt to be disapointed to find that...»[7]

— Não sei inglês.

— Que importa? Deixe-me continuar.

---

[4] «Ao lado de Rabelais, Calvino (1509–1564) apresenta-nos o rosto pálido de raciocinador fanático. Estudante de Direito e Teologia, levou uma vida de viagens e fugas. Um ano após o...». [N. da R.]

[5] «Mas *l'Institution chrétienne* continua a ser um livro importante na história das ideias.» [N. da R.]

[6] «Bonaventure des Périers é um pouco esquecido. Ignoramos a...». [N. da R.]

[7] «Os estudantes de ética podem ficar desapontados ao descobrir que...». [N. da R.]

— Fale-me de si... — Teve um movimento brusco, os óculos caíram, mas conseguiu apanhá-los antes de chegarem ao chão.

Isabel sentou-se. Os cotovelos apoiados nos joelhos, o queixo a descansar nas mãos.

— Não fiz outra coisa. Tenho passado o tempo a falar de mim. Não percebeu?

— Creio que percebi.

— E então?

— Como foi em francês pode ser que tenha perdido algumas palavras. Vejamos: é rica, a maior parte das pessoas que a Isabel conhece são estúpidas, sente-se inteiramente vazia, talvez mesmo um desgosto de amor...

Isabel deu uma gargalhada.

— E o Jaime? Gostava de ouvi-lo. Tem a palavra...

— Quer que lhe recite as preposições ou as conjunções adversativas? Mas, porém, todavia, contudo... Ah! Posso dizer o princípio d'*Os Lusíadas*...

— Porquê essa tristeza? — perguntou ela. Uma voz amiga.

— Não será preferível dançar?

— Detesto dançar — disse com raiva.

— Que mais coisas detesta?

— Ah, tanta coisa... O liceu, a professora Genoveva...

— Gostas de mim?

— Berenice! — respondeu ele.

— Se fôssemos jogar o «King»?

— Berenice!

— Amo-te — dissera Gabriel.

Abraçaram-se. Genoveva começou a chorar.

— Querida, querida... — Esperara aquilo desde o princípio da viagem.

— Não é nada — respondeu ela com um sorriso embaciado.

— E tu gostas de mim? — Estavam sós no meio da sala branca e colorida. Abraçou-a com mais força, sentiu os lábios salgados. — Gostas?

— Gosto, gosto de ti, Gabriel. — As lágrimas, sem compreender porquê, soltaram-se-lhe de novo, ainda maiores. Deixou-as correr e quando secaram repetiu:

— Não é nada... — Olhava para ele com o rosto inquieto. — Já passou.

— Afinal era verdade. A professora Genoveva tinha um namorado e ia com ele à praia.

— E então?

— Diziam lá no liceu...

— Porque não gosta de Genoveva? Que mal lhe fez ela?

Isabel respondeu:

— A professora Genoveva — era irónica a maneira como dizia «a professora» — não corresponde ao que dela se espera...

— Que é que se espera?

Isabel sorriu:

— Com franqueza? Não prefere dançar?

— Dancemos então — respondeu Jaime.

5

— Achei-te muito estranha...! — disse a voz de Gabriel.

Quase não comera. Jantara à pressa e fora logo para o telefone conversar com ela. (Terá perdido alguma chamada médica por causa destes longos telefonemas?) Toda a viagem de regresso fizera-se em silêncio, um silêncio apenas interrompido pelas palavras de Isabel.

— Não te sei explicar. Nos dias de festa sou assim — respondeu Genoveva. — Fico sempre triste, não sei o que é. Dá-me para pensar no passado e no futuro.

— Amamo-nos. Isto não te diz nada acerca do futuro? — A esperança de que Genoveva lhe desse uma resposta cheia de ternura.

Genoveva percebera essa esperança. Uma determinada palavra — quem sabe? — e seriam felizes para sempre.

— Não — replicou. — Não há palavras decisivas. Já não creio em palavras decisivas.

— Que queres dizer?

— Nada, nada. Julguei que estava a dar-te uma resposta.

Gabriel percebeu. «Não há palavras decisivas.» Genoveva adivinhara que ele desejava uma palavra decisiva.

— Ouve, Genoveva. Afinal respondeste. Respondeste de duas maneiras. De uma maneira disseste que não havia palavras decisivas. Da outra... Já reparaste que descobriste o que eu esperava de ti? Que esperava uma palavra decisiva...?

— Mas não ta dei.

— Adivinhar o que eu queria é tudo, Genoveva, e tu adivinhaste.

— É pior...

— Não. Nem sempre se pode dizer que sim, mas o que é preciso é saber o que os outros esperam, o que os outros desejam de nós... E tu descobriste...

Não era possível lutar contra Gabriel, não era possível hostilizá-lo até ao fim. Rendeu-se. Esteve para soltar uma gargalhada, mas as frases que lhe saíram dos lábios foram estas:

— Estou triste. Nos dias de festa estou sempre triste. — Sem transição: — Quando comecei a ser professora esperava tantas coisas! Pensei que ia reformar o mundo, que os meus alunos, iluminados por mim, transformariam o mundo. — Voltou ao princípio. — Estou triste. Tudo quanto ensino é inútil. Tenho vinte e cinco anos, mas nunca fiz nada. — Gabriel deixava-a falar, não queria interrompê-la. — Nunca tiveste receio de morrer sem deixares um único sinal da tua presença neste mundo? Nunca tiveste, Gabriel? No fim espera-nos a morte, a morte sem remissão, e nada ficará de qualquer de nós!

— Há muitas coisas que poderão ficar.

— Não é isso. Eu desejava que ficasse qualquer coisa como uma semente. Um dia os homens serão felizes, não haverá guerras, não haverá miséria, existirá apenas o amor, a comunhão, a fraternidade! Mas que fiz eu para isso? Responsabilidade tremenda! Que fiz eu? No primeiro ano de professora ainda me iludi. Estava a criar o futuro, estava a contribuir para a felicidade futura. Hoje sei que os meus alunos partem como chegam. Que vão iguais, que vão vazios, que não lhes dei nada.

— Que sabes tu disso? Já lhes perguntaste? — Esperou sem resultado uma resposta. — Talvez até os teus alunos não saibam, como tu não sabes, mas no fundo de cada um deles, ou só de um, basta um, ficará, quem sabe?, qualquer coisa... Porque afirmas que nada lhes deste, quando afinal ainda não estás no futuro para saberes...?

— Se isso fosse verdade, Gabriel!

— Acredita... — disse com uma voz que não admitia dúvidas, o desejo de a ter ali ao pé, de lhe afagar os cabelos e a face, de lhe dizer: «doce Genoveva!»

— Será isso... — Voltou atrás, repetiu: — O que é não sei, mas nos dias de festa fico sempre triste.

Ele insistia:

— Durante dois anos tu foste falando, falando... Havia um aluno que estava a ouvir-te, ele nem dava por nada...

— Sim.

— Ele nem dava por nada, Genoveva! É terrível! — Exprimia-se num tom teatral para que Genoveva se distraísse. — É terrível! Ele talvez nunca saiba, talvez nunca saiba que foram certas palavras que disseste um dia, certas palavras que mal ouviu, mas que repetiste uma semana depois... Percebes? Ele talvez não saiba que foram essas palavras, que foste tu... E ele está a construir o futuro...

— Sim, é terrível... Nunca me poderá agradecer...

— Que importa que não te agradeça?

— Sim. Ele não sabe, mas fui eu. Tens a certeza de que fui eu?

— Tenho.

— Será professor. Dirá as mesmas coisas... Um aluno dele ouve-as igualmente, também é professor... E nem é preciso ser professor. Será isto ou aquilo, todas as profissões são boas. Mas é um pouco de mim própria que ele continua a transmitir. Acreditas? Acreditas que depois teremos o reino da felicidade?

— E tu continuarás a viver, apesar de morta...

Calaram-se por instantes, mas o silêncio não os perturbava, era um silêncio repousado, como se estivessem os dois de mãos dadas e não ao telefone.

— Que palavra terá sido essa que eu disse aos alunos? — recomeçou Genoveva.

Gabriel sentiu-se perplexo porque não podia falhar e era preciso dizer o termo exacto (ah, mas estava cansado, tão cansado de ser generoso!).

— Talvez uma palavra de esperança — arriscou. (Um cansaço súbito, uma solidão tão fria!)

A voz de Genoveva encheu-se de júbilo.

— Sim, uma palavra de esperança. Penso uma coisa, Gabriel: por muito cépticos que sejamos, por muito pessimistas, nunca poderemos deixar de pregar a fé no futuro. É um dever! Uma espécie de dever que os homens têm, tão grande como não matar, tão grande como dar de beber a quem tem sede, de comer a quem tem fome...

— Qual? — mas, pelo telefone, ela não podia descobrir-lhe o ar desesperado.

— A fé no futuro. A esperança de que a idade do oiro há-de vir. E quem isto negar, peca, peca contra os homens, contra a natureza e contra Deus, se Deus existe.

SEXTO CAPÍTULO

1

Uma tarde de sábado assim por preencher — e Jaime começou a subir o Chiado. Talvez encontrasse alguém!

De novo o desceu. De novo o subiu. Espreitar na «Brasileira», encostar-se alguns minutos à porta! A secreta esperança de que a Isabel também andasse por ali.

Mas não andava.

Decidiu telefonar-lhe. Ontem, como folheasse a lista telefónica, já nem sabe por causa de quem, lembrou-se subitamente de procurar o número dela. Não conseguira uma certeza. Na rua onde Isabel morava vivia outra pessoa com o mesmo apelido!

Subira, descera o Chiado em dias sucessivos, metera o nariz nas lojas de modas, nas casas de chá superpovoadas, fora às estreias...

Provavelmente Isabel aparecia em horas impossíveis para Jaime (ou até nem aparecia). Provavelmente não frequentava as estreias... Esperá-la à saída do liceu? Tentou uma vez, não pôde tentar segunda, é ele quem à uma hora fecha o escritório.

Ao acaso inclinou-se para o número mais baixo com a certeza de que seria o número mais alto. Era, de facto. A vergonha que um engano provoca, mesmo ao telefone! Haviam respondido: «Não é cá» e ele corara, pedira desajeitadamente desculpa.

Adiou o segundo telefonema. De novo desceu e subiu o Chiado. Quem sabe? Às vezes é tudo questão de uma insistência mais. Quantas coisas se perderam por falta de uma última tentativa?

O raciocínio era justo, mas Isabel não aparecia. O regresso da coragem: procurou cinco tostões na carteira, mas só tinha vinte e cinco. A necessidade de um esforço suplementar: a compra do jornal. Nos trocos, a moeda salvadora!

— A menina Isabel está?

— Quem fala?

— Um amigo... — Teve vergonha de confessar a verdade. — Ramiro... Ramiro de Matos...

Responderam-lhe que não estava.

Quando Isabel chegou a casa informaram-na que o senhor Ramiro de Matos tinha telefonado. O Ramiro que ela conhecia chamava-se Matos? Esteve para interrogar Berenice, mas desistiu. A sua intuição segredava-lhe que Ramiro (se de facto era ele) preferia que ninguém soubesse. E como tinha uma certa paixão pelo teatro (sempre desejara ir para o Conservatório), uma certa paixão pelos lances inesperados, resolveu aguardar.

No dia seguinte era domingo. Berenice sentira-se mal. Uma terrível dor de cabeça, uma pontinha de febre. Telefonou a Ramiro a dizer-lhe que não esperasse por ela.

Ramiro foi ao cinema.

Que havia Isabel de fazer? Achara que tudo era preferível — mesmo o cinema do domingo — a ter de passar a tarde com a família. A família: um passeio de automóvel até à Linha, o encontro no Estoril com outras famílias iguais.

Isabel e Ramiro não ficaram lado a lado, mas viram-se no intervalo e disseram meia dúzia de palavras.

— Pois então é aluna de Genoveva...

— Sou...

Quando a campainha deu o sinal separaram-se. Mas Isabel saiu antes do fim para lhe falar.

— É curioso — disse ele —, fui lá tantas vezes ao Portinho e nunca pensei que houvesse ali ao pé uma praia como Alportuche. — À despedida, como Ramiro não se mostrasse sensível a nenhuma das insinuações que lhe dirigira, atacou-o de frente:

— Ouça...! No outro dia, era alguma coisa de importante?

Ramiro não percebeu. E não percebeu com tanta naturalidade que Isabel ficou abalada.

— Mas não foi o Ramiro?

Despediu-se rapidamente, ele deixara de lhe interessar. Em casa soube que «o mesmo senhor do outro dia» — Ramiro de Matos — tinha perguntado por ela. Não havia dúvida possível: a essa hora Ramiro estava no cinema.

«Que pretenderá Isabel com aquela brincadeira?» Ramiro não conseguia afastar do espírito a imagem sedutora da rapariga. «Que pretenderá?» E farejava uma aventura possível, a fascinante aventura com uma garotinha de dezassete anos.

«Seria Jaime?» — pensara Isabel.

No dia seguinte telefonou para o escritório dele. Responderam-lhe que não estava (conseguira licença para sair e fora à porta do liceu ver se a descobria). Isabel não declarou o nome verdadeiro, exprimiu-se deste modo:

— Diga-lhe que era uma colega: Genoveva Bastos. — Que pensaria Jaime? De repente aquele ar triste de Genoveva quando ele dançava com a Isabel, aquela corrida pela rua abaixo, aquele momento em que, por acaso, os joelhos deles se haviam tocado, tudo isso lhe subiu à memória.

Telefonou para casa de Genoveva. Mas quem atendeu foi Gabriel (agora Gabriel ia vê-la quase todos os serões).

— Gabriel? — Serenamente explicou-lhe: — Queria falar com a Genoveva.

— Está aqui... — Ouviu dizer a uma voz que não falava para o bocal: — É o Jaime... Quer-te falar, parece... —Este «parece» estava nitidamente a mais.

— Jaime? — admirou-se ela pegando no auscultador. Esperara vagamente aquele telefonema quinze dias atrás, esperara-o com a certeza de que acabaria por chegar. Por várias vezes interrompera abruptamente as conversas com Gabriel, para que a linha ficasse desimpedida e Jaime pudesse falar-lhe. Mas tudo isso pertencia já a um passado longínquo, era um mundo de sentimentos que ela própria nem chegara a perceber, um mundo que não chegara a existir.

Jaime supunha que Gabriel continuava perto do telefone. Mas enganou-se. Delicadamente Gabriel tinha-se afastado, começara a folhear um livro.

— É por causa duma cunha... Desculpe, Genoveva. Pediram-me, sabiam que eu a conhecia. A Genoveva sabe o que são estas coisas... — A presença de espírito não lhe faltara.

— Para quem é?

— Não me diga que recebe pedidos...

— Porque não, se até recebo ameaças? — Baixara a voz para que Gabriel não a ouvisse. Depois: — Como se chama o menino? — Voltou-se para Gabriel: — Um pedido... — Encolheu os ombros. Gabriel não reagiu. Pois não era certo que sem os empenhos ainda hoje estaria no sétimo ano?

— Espere... Mas não querem ver? Parece-me que perdi o apontamento, ainda agora o tinha! — Fingia-se admirado e tão a sério levava o seu papel que inconscientemente se pôs a olhar para o chão como quem procura alguma coisa. — Desculpe... Querem ver que o perdi? Devo ter-me esquecido dele em casa, dou-o amanhã ao Gabriel. — Teria de passar pelo liceu e descobrir nas pautas um número ao acaso.

E assim foi: o nome escolhido era precisamente o nome dum aluno em situação difícil. E acabou por ser aprovado, graças à cega intervenção de Jaime. (O pai decidira tirá-lo do liceu. Quando viu tamanha recuperação, mudou de ideias. Mais tarde o filho veio a formar-se em Direito, conseguiu ser professor catedrático.)

Outro telefonema para Genoveva? Não. Se de facto ela desejava falar-lhe que ligasse de novo! Jaime ficara à espera.

Numa dessas noites Ramiro foi atacado por uma decisão súbita e telefonou a Isabel. Aquela história andava a roê-lo e não teve mão em si.

Isabel:

— O Ramiro? — Desfazia-se toda aquela certeza acerca de Jaime.

— Sim, eu.

— Sempre era você, afinal?

— Outra vez? Mas que brincadeira é esta, Isabel?

2

Miguel Antunes acabou por perder o emprego. Era caixeiro-viajante, dava as suas voltas numa furgonete da casa *Pesca Feliz*. Ora aconteceu que foi pescar ao Guincho nas horas de trabalho — e não era a primeira vez! Quem se lembraria de o procurar ali? Saíra para Sintra, despachara-se depressa.

De repente, ouviu o barulho chocalhado dum automóvel fugido da estrada, um *Jaguar* branco, que seguia velozmente para o oceano. Mal teve tempo de ver, mal teve tempo de ouvir. Um grito, talvez, ou não? E o *Jaguar* branco mergulhou no abismo.

Hesitava ainda: deveria fugir? Era tarde. Dois pescadores aproximavam-se. Ligado involuntariamente ao acontecimento, as suas declarações publicadas, a prova da sua falta de zelo impressa nos jornais, Miguel Antunes foi despedido. «Eu não lhe tinha dito?», comentou o patrão. E não era mentira.

Nessa tarde um mergulhador descobriu o automóvel. Mas não havia ninguém lá dentro. Vermes marinhos dum cemitério vazio: algas apenas, peixes brilhantes como punhais.

Aqui, acolá. Mas Berenice?

O *Jaguar* branco tinha as portas fechadas e embora um vidro estivesse meio aberto não era possível que Berenice — admitindo que era ela — se escapasse por ali.

As buscas ao longo da costa continuaram ao longo dos dias. Nada.

Miguel Antunes foi interrogado. «Ia lá dentro alguém?» Passara-se tudo tão rapidamente... — respondeu.

— O carro estava vazio? Teria sido empurrado?

Não vira quase nada.

As causas do acidente ficaram por saber. A direcção do *Jaguar* partira-se, o que sugeria um desastre. Mas era possível que se partisse com a queda... E então?

No espírito de muitos Berenice continuou a existir com os seus vestidos negros, os seus olhos azuis e brancos e pretos, os seus cabelos loiros e macios. Viria a morrer definitivamente apenas quando todos os seus amigos morressem.

— Não morreu — disse Genoveva. — Berenice voltará numa manhã de nevoeiro.

Pontualmente Ramiro repartia agora o ordenado, oferecendo os dois contos que lhe sobravam à mulher a dias do escritório.

— É um disparate — disse Jaime.

— Não — respondeu Ramiro. — Assim não me considero tão comprometido, não pactuo com este mundo em que uns enriquecem à custa dos outros. Não vivo à custa de ninguém.

— Uma cobardia. A esmola é fácil, mas não é assim que o mundo será transformado.

Ramiro sorriu amargamente:

— A solução é outra, bem sei. Não vale a pena discutir: não tenho coragem para transformar o mundo, prefiro dar esmolas, compreendes?

Jaime baixou a cabeça sem uma palavra. Honesto, desperdiçador de tempo, de sentimentos, de ideias e de gestos, faltava-lhe autoridade para censurar o amigo.

SÉTIMO CAPÍTULO

1

Quatro meses depois Ramiro casou-se com Beatriz. Uma decisão repentina. Conhecera-a três anos antes, cruzavam-se quase todos os dias, discutiam por vezes sobre temas sem importância (e até de importância, como fora o caso das greves em Barcelona ou das eleições francesas e britânicas e belgas e italianas e alemãs, etc.), mas quanto à ideia de casar com ela... Bom! Era coisa que nunca lhe passara pela cabeça, era coisa que o faria sorrir...

Tudo aconteceu numa tarde de chuva. De manhã o tempo parecia seguro; quando muito, umas rápidas bátegas e nada mais. Não levara gabardine portanto.

Veio a hora do almoço, o céu cobriu-se de negro, a chuva desabou, contínua e pesada.

Sem gabardine, com uma constipação que durava havia muito tempo, Ramiro rendeu-se. Antes não comer que apanhar uma gripe. Aproximara-se da janela. Espreitou para a rua.

— Não almoça? — dissera Beatriz. Abrira a maleta e tirara uma garrafa «termos» oxidada, um tacho e três embrulhos.

— Não — respondeu, receando o convite.

— Por causa da chuva? — insistira a rapariga. Desviara os olhos de Ramiro, a atenção concentrada sobre uma infindável cadeia de gestos: punha de lado os tinteiros, as canetas e os papéis, desdobrava um guardanapo branco, abria um embrulho.

— Sim, por causa da chuva — concordou ele, observando-lhe atentamente os movimentos ágeis.

— É servido? — propôs Beatriz. Pela primeira vez nessa tarde erguera os olhos, uns olhos pequenos e cinzentos.

— Não, muito obrigado.

Beatriz encheu o prato de arroz.

— Aqui tem... Eu como do tacho.

— Obrigado, não vale a pena — repetiu.

— Só se não gosta... — Cinzentos, os olhos de Beatriz continuavam fixos em Ramiro.

— Já que insiste... Mas então quem vai comer do tacho sou eu... — E procurou alcançá-lo com as mãos.

— Que ideia! — Beatriz defendia-o com os braços, olhava para Ramiro com um sorriso infantil.

— Assim não como!

— Não coma!

— Você é impossível! — disse ele, rendendo-se. Observou-a melhor. — Trabalhamos aqui há tantos anos e mal nos conhecemos...! — Não havia qualquer particular intenção nestas palavras, mas a verificação apenas dum facto que neste momento, e dadas as circunstâncias, lhe parecia absolutamente inexplicável. Desenvolveu a frase esboçada: — Onde mora a Beatriz? Tem irmãos? Irmãs? Pai? Mãe? Noivo? Nasceu na Patagónia? Em África? Na China?

Beatriz riu-se bruscamente. Com as mãos friccionou os braços numa espontânea reacção ao frio que invadia a sala.

— No Pólo Norte... — Depois: — A si não posso fazer as mesmas perguntas... Ah, sei uma porção de coisas acerca do Ramiro...

— Conhece-me até melhor do que eu próprio, não?

Só então Ramiro foi buscar uma cadeira e se sentou.

— Foi a Beatriz quem fez o arroz?

— Pretende saber se pode dizer mal...

— Não, pelo contrário. — Vendo que ela não comia: — Mas só eu é que almoço?

— Espero pelo garfo — respondeu, com olhos brilhantes, levemente corada.

— Mas...

— Quando o Ramiro tiver acabado vou lá dentro à torneira e passo-o por água. — E como ele se apressasse: — Almoce descansado, não tenho fome nenhuma. Tem aqui chá quente — acrescentou, apontando para o «termos». — Quer?

Beatriz não era bonita. Não era elegante. Mas era jovem, era fresca, tinha um sorriso franco e saudável... Amava Ramiro. Amor mais ou menos sem esperança.

— No Japão? Em Manaus? — insistiu ele, retomando as contas perdidas.

— Comigo é diferente. Por exemplo... Digo? Não digo? Pediram-me segredo...

— Diga.

— Então ouça: o Ramiro deu dinheiro à senhora Glória. Dois contos por mês, é verdade?

Ramiro sentiu-se perturbado. A senhora Glória tinha mais de cinquenta anos, uns sessenta anos envelhecidos, sem qualquer atractivo sexual. Imaginaria Beatriz que...?

— Foi ela quem disse? — perguntou, intrigado.

— Nunca pensei que houvesse alguém capaz dum gesto assim... — Falava com admiração, parecia fascinada.

— Ora! — retorquiu Ramiro, sossegando. — Eis-nos revoltados contra este mundo, mas somos filhos dele, pensamos com as ideias que nos pôs na cabeça. Dá aos pobres aquilo de que não precisas... E aperfeiçoamos a alma... Os pobres são úteis para aperfeiçoarmos a alma, não acha?...

Beatriz semicerrou as pálpebras como quem procura perceber o que acaba de ouvir.

— É uma experiência por três ou quatro meses...

— Já concluiu alguma coisa?

— Não. Tudo depende do que entendermos por «concluir alguma coisa». Uma conclusão possível é esta: a senhora Glória vive melhor...

— Não era o que pretendia?

Ramiro acabara de comer, limpava os lábios com um lenço para não sujar o guardanapo de Beatriz.

— Era... Não sei bem.

— Ah, naturalmente costuma beber vinho!... Não me lembrei...

— Sim, devia ter previsto que eu almoçava consigo...

— A chuva não pára — disse Beatriz, desviando os olhos para o brilho ondulado da janela.

— Vai ser uma tarde de água.

— Devo dizer-lhe?... Que terá feito a senhora Glória com o dinheiro?

— Pois é... Não sei, vive melhor, com toda a certeza...

— Eu sei. — Mostrava um ar sério, quase preocupado.

— A Beatriz?

— Um instante... — Pegou no garfo, ergueu-se da cadeira e saiu. Ramiro entretinha-se a olhar para os vidros da janela, toldados pela chuva. Ouvia os passos que se afastavam. «Lembrar-me-ei deste momento no dia 29 de Dezembro. Ele ajudará a preencher as minhas recordações». Mas porquê? Não soube responder. A simplicidade do gesto de Beatriz, o receio inicial de ser convidado, a satisfação depois... Os passos aproximaram-se, a porta envidraçada e fosca, com letras escritas ao contrário, abriu-se e fechou-se.

— Esperemos que a tarde levante, ao menos à saída.

— A Beatriz tinha dito que sabia...

— Ah! — Pausa. — E imagina como...? — Um véu de gaiatice passou-lhe pelos olhos.

— Não faço a mínima ideia.

— Espionagem! — revelara Beatriz com um sorriso misterioso. — Espionagem! — repetira. Tinha dois cabelos na gola da blusa e Ramiro tirou-lhos. Sorriram. — Quando soube que lhe dava dinheiro pus-me em campo para ver o resultado...

— Como descobriu? — Com um nó atara os dois cabelos um ao outro.

— Não interessa... Pus-me em campo... Faltava-me o cachimbo do Ramiro, isso é importantíssimo quando fazemos de Sherlock-Holmes... Também me faltam os óculos... Mesmo assim o meu poder dedutivo... — Riu-se e emendou a frase. — Foi um acaso.

Aquela referência ao cachimbo estimulara em Ramiro o desejo de fumar.

— Um acaso — insistiu Beatriz. Prolongava a expectativa com uma pausa e um olhar onde se escondia uma travessura cheia de limpidez.

— Estou morto por saber — disse Ramiro. Acendeu um fósforo.

— Conhece o Miguel Antunes, não conhece? — Era o novo caixeiro-viajante da casa.

— Então não havia de conhecer?

— O Miguel queixou-se-me... Ela emprestara-lhe dinheiro e...

«E...?», diziam os olhos de Ramiro.

— Um empréstimo a juros. A mulher do Miguel... Não soube? Teve de ser internada. — Esperou pelo comentário de Ramiro, mas ele manteve-se calado. — Pediu-me dinheiro. Eu não tinha, ninguém tinha. A Glória soube, quem pensaria nela? Emprestou-lhe dois contos a 30%. — Os olhos de Beatriz diziam: «Que tal? Muito desiludido?»

— Não chego a estar desiludido.

— E o chá! Ia-me esquecendo.

— Obrigado. — Pausa. — Na verdade... Como havia eu de adivinhar? A senhora Glória contaminada também. Bom, é natural e justo. Porque haviam os ricos de ter esse privilégio? Em Roma sê romano.

— Muito desgostoso?

— De modo nenhum. Acho até que me convém, fico com o dinheiro — ajuntou, fingindo-se cínico. — Sim, porque continuar, isso não.

— Sempre vai o chá?

— México? Paraguai? — disse ele. Atirava com o fumo para o tecto. — Não falemos mais de mim.

— Já disse: no Pólo Norte!

Casaram-se um mês depois. Eram ambos órfãos e esse pequenino facto unia-os. Beatriz morava em casa da tia e, embora lhe passasse para as mãos a quase totalidade do dinheiro, nem por isso deixava de lhe ouvir as queixas e os remoques. Que a tinha ali para mal dos seus pecados, que era uma caridade não correspondida.

Durante longos meses, logo após a morte do pai, Beatriz ficara exclusivamente entregue aos cuidados da tia. Agora, porém, já não era um encargo, podia mudar-se. Mas para onde ir? Para um quarto? «Afinal vivo em família e, se bem que raramente, a minha tia lá tem de ano em ano uma palavra amiga, uma lembrança do meu pai, compreende? Ela gostava do irmão, embora não gostasse da cunhada. E foi em nome desse amor fraterno que me protegeu. Não gosta de mim, é verdade. Sou muito mais parecida com a minha mãe do que com o meu pai, até nas fotografias se vê. Em todo o caso... Pelo menos fala do meu pai e às vezes é tão bom ouvi-la contar a meninice dele! Muito loiro... Tinha caracóis... A irmã era mais velha. Diz que toda a gente considerava o meu pai uma criança muito bonita. É tão esquisito saber que ele teve caracóis porque me lembro dele quase sem cabelos...! E já não era loiro! Enfim, fala do meu pai! Mesmo quando é para ralhar, para dizer que não saio a ele. E é bom, compreende? É como se estivesse em família. Bem sei: a ternura é por ele e não por mim. Mas atinge-me... E vou ficando; muitas vezes decidi ir-me embora, mas vou sempre acabando por ficar». Essa mútua descoberta de suas vidas solitárias unira-os.

Casaram-se num sábado de manhã, um dia quente em que o ar pesava e o céu, não obstante a ausência de nuvens, parecia esbranquiçado.

— É verdade que nasceste no Pólo Norte?

— Em Almada. E tu?

Ramiro também lhe contou a sua história: a vida mais ou menos feliz e fácil dos tempos de infância quando ainda viviam em Braga, a mudança para Lisboa, as primeiras dificuldades (a mãe adoecera, passara os últimos três anos de vida na cama). A existência quase sem amigos! Porque em Braga tivera-os! Mas em Lisboa, primeiro que de novo os arranjasse...! Passava as tardes sozinho, às vezes no cinema, depois de dizer que ia ter com João ou com Abel, fingindo uma larga convivência, porque tinha vergonha de confessar aos pais que não conhecia ninguém. A mudança de liceu no quinto ano e as primeiras conversas com Gabriel. A guerra, a esperança de liberdade. E depois o sexto ano: Genoveva, Berenice, Raul, mais tarde Jaime. A morte repentina dos pais no espaço de dois meses, os exames perdidos, o emprego. Falou-lhe de Berenice.

No próprio dia do casamento foram para a Arrábida. Percorreram a serra em todos os sentidos, amaram-se sobre a terra dura, viram o fundo das águas frias e transparentes, estiveram uma vez em Alportuche.

— Nasceste no Pólo Norte, não é?

— Não. Nasci quando confessaste que gostavas de mim.

2

Que é a felicidade? Ramiro e Beatriz viviam no Dafundo. Um terceiro andar, seis quartos, uma larga vista sobre o Tejo, um conto cento e dez.

Às vezes ficavam de mãos dadas, entretidos a ver sair um grande paquete. O *Vulcânia*? O *Satúrnia*? «Não morreremos sem uma viagem», comentava Ramiro. Beatriz respondia que sim. Não poderia ser nos dois anos mais próximos porque as prestações da mobília, do fogão e do esquentador lhes levavam o dinheiro. Mas depois era fácil. O sonho nada tinha de impossível e é sempre bom sonhar com um sonho verosímil.

— Paris?

— Mântua, Heidelberg, Salzburg.

Ela teria preferido a cidade-luz. Mas para ser feliz bastava que Ramiro o fosse.

Conversavam sobre isto, sobre aquilo, pacientemente respondia-lhe às perguntas e tudo era muito íntimo, a solidão recuava para um tempo esquecido.

Beatriz estava grávida e eram felizes.

Um dia o gerente do escritório mandou chamar Ramiro. Tinha de ir a Turim em representação da casa. Tentou escusar-se (queria conhecer a Itália de mãos dadas com Beatriz), mas não era possível. Dos dois engenheiros que sucessivamente haviam sido escolhidos para a viagem, um despedira-se (o súbito aparecimento de melhor emprego), o outro adoecera.

— Quinze dias depressa passam — disse ela. — Até é bom, para ficarmos a saber como somos necessários um ao outro.

— Querida Beatriz!

Não foi de avião — ela não deixara —, mas de comboio, ao longo de Castela. Ah, essa impressão de liberdade que sentiu quando atravessou a fronteira francesa!

— Abaixo Pleven! — gritara num impulso anárquico, num desejo de se exprimir em plena liberdade, mesmo que essa liberdade se limitasse a dizer não. Ninguém levantou os olhos para ele.

...Não levantou, nem era possível que levantasse. Porque Ramiro, não por medo, naturalmente, mas por vergonha, por timidez, pelo receio do ridículo, fugira (estava em Hendaia à espera de que fossem horas da partida), fugira para a praia vazia e gritara ao mar aquele protesto.

— Vais esquecer-te de mim com alguma italiana — dissera Beatriz à despedida, em Santa Apolónia.

— Com duas...

— E não me trazes nenhuma? — brincara Jaime, que também fora despedir-se de Ramiro.

3

Viu o autocarro aproximar-se e parar. Estava cansado por um dia inteiro de andanças pelas ruas, um dia inteiro à procura de grandes coisas. Busca de velhos palácios, de velhas igrejas e, quem sabe?, a busca talvez duma aventura excitante — não uma aventura definida, mas... Ignora como completar o *mas*. Trepou para o autocarro. Então, através dos vidros, descobriu a sombra de uma mulher vestida de negro. A sombra apenas, mas uma sombra distinta, com uma longínqua intimidade. Longínqua intimidade...? Que significam estas palavras?

O vulto esguio e próximo começou a rodar, como se girasse para ele ver, como se estivesse numa casa de modas a expor todos os ângulos dum vestido. Vestido demasiado simples, todavia, para a exigência de o mostrar. Ia ficando para trás, quase parada, porque era o autocarro que rodava lentamente numa curva e não ela. Um fogo íntimo, muito íntimo, ardia naquele vulto. O rosto, porém, estava encoberto e quando, muito depois, a viu de frente, tapou-a de súbito o ombro de um homem. Ramiro mexeu a cabeça e o ombro sumiu-se. No último momento um relâmpago iluminou a face escondida: esse estranho ar de intimidade que o envolvera logo de princípio acendia-se de súbito. Sim? Não? Aquele rosto, tão próximo e tão distante, situado entre os olhos dele e a parede rasgada pelas portas e janelas dum palácio velho, era o rosto íntimo e longínquo de Berenice.

Mas não podia ser.

O autocarro começava a afrouxar, aproximando-se da paragem. Por sorte, Ramiro tinha o troco exacto, pôde rapidamente pagar e descer. Assim, na rua, num plano agora mais baixo, como descobrir ao longe os olhos de Berenice? Ramiro remou contra a corrente. Abandonara o passeio, pusera os pés no pavimento da rua e, com risco de ser atropelado, os olhos no ar, correra como doido. Vira-a junto daquele palácio. Mas onde estava? Poderia Ramiro ter a certeza de que não se cruzara com ela, a certeza de que não a perdera com a pressa inútil de olhar apenas para a frente? Angustiado, voltou-se, mas observava somente a multidão anónima de pessoas altas ou baixas, paradas ou não. Lentamente, Ramiro desceu a rua que acabara de subir, na tentativa de desfazer o caminho percorrido, os gestos executados, na tentativa de tudo recomeçar desde o princípio. Mas não era possível: o tempo não podia ser recuperado. Olhando para as portas numerosas de lojas e mais lojas, Ramiro deixou de hesitar. Numa dessas portas entrara Berenice. Acabaria por sair.

Foi para o outro lado da rua: a perspectiva era mais larga, o campo visual mais amplo.

O tempo correu e depois de muito correr poucas esperanças lhe ficaram. Perdera-a de vista para sempre!

Viu a tabuleta dum primeiro andar e uma nova confiança se lhe infiltrou no coração: *cabeleireiro de senhoras*. Assim se explicaria aquela demora.

Até que a noite veio.

Morto de fadiga, sentara-se a beber café numa esplanada. Talvez dum instante para o outro, inesperadamente, Berenice aparecesse. Imaginava o momento: a hesitação inicial, o largo sorriso depois.

Nessa noite e no dia seguinte continuou a procurá-la. Não se apresentara ainda na fábrica: diria que perdera o comboio, que estivera doente. E andou de hotel em hotel. Com efeito, num dos hotéis próximos da estação de caminho de ferro hospedara-se uma rapariga portuguesa, embora com nome diferente. Loura? — Loura. — Alta? — Alta. — Magra? — Magra. — Vinte e poucos anos? — Vinte e poucos anos.

Outro qualquer teria desistido. Em Lisboa, o próprio Ramiro teria desistido, tão pouca era a probabilidade de ser Berenice a mulher que entrevira! Mas Ramiro estava em Turim (nos confins do universo!). O que se passara tão longe da terra natal, tão por acaso, tinha certamente um significado profundo. E aquele antigo amor por Berenice não podia morrer como tinha morrido. Cresceu então no espírito de Ramiro a crença num certo finalismo subjacente a todas as coisas.

Algo estava para suceder. Conhecera e amara Berenice. Pois bem: isso não ficaria no mundo como um acontecimento sem consequências: um demónio interior segredava-lhe que, quando menos esperasse, o passado ressurgiria a uma esquina, tornado presente. Não é a primeira vez que assim pensa, tal ideia ocorrera-lhe imediatamente após a desaparição (nunca lhe chamara morte) de Berenice. Tudo quanto surge na vida não pode surgir por acaso — acreditava —, mas em vista de uma finalidade futura. Significaria isso que tudo quanto lhe sucedera até hoje tinha uma relação, embora oculta, com a felicidade, uma felicidade que englobava Berenice. Como aceitar portanto que na sua passagem por este mundo nada acontecesse? Tal ideia não era concebível. Não podia admitir que nascera só para sofrer ou vegetar inutilmente. Se estava na Terra é porque a vida lhe preparava qualquer coisa, é porque o universo lhe propunha o amor. Era impossível que Berenice tivesse morrido. E por isso nunca desesperara ou raras vezes desesperara. Tudo questão de paciência: tempo viria em que a felicidade prometida (e prometida pelo simples facto de viver) seria alcançada, pois a sua existência era apenas um difícil caminhar para ela. E assim desprezava a morte e tinha a certeza de que não morreria tão cedo, precisamente porque ainda não fora feliz. A morte, sim, era de recear depois de encontrada a felicidade. Longe da pátria adormecida, longe dos amigos desistentes e acobardados, ele encontraria finalmente o seu próprio ser, o seu destino, a eterna salvação.

Na noite do dia seguinte, uma noite mal passada, decidiu proceder como Cortez, que, ao chegar à América, queimara os barcos para que ninguém pudesse regressar à pátria. Não aparecer na fábrica que tinha por destino, não dar a mais pequena explicação do caso, impedir assim um arrependimento futuro, cortando toda e qualquer possibilidade de explicação com os patrões! E saiu de Turim, escondendo a sua presença. Em frente, em frente!

Nem uma palavra para Lisboa. Inicialmente incrédulos, os patrões acabariam por ter a certeza de que fugira com o dinheiro. Era o essencial: não poder voltar.

Para a frente, para a frente!

4

Decorreram talvez duas horas antes que Paul iniciasse a conversa. Ramiro adivinhara-lhe sem qualquer dificuldade a origem helvética — uma distinção natural de pessoa habituada a conviver com estrangeiros ricos.

Entretinha-se a ouvir o linguajar ondulado de três camponeses. Fingindo distrair-se com a paisagem, lançava olhares rápidos e oblíquos para o homem loiro — quarenta, cinquenta anos? Por duas vezes encararam-se. Ao terceiro encontro, muito depois de iniciada a viagem (estaria Florença muito longe?), Paul Weber sorriu. Que remédio senão sorrir-lhe, que a amabilidade não pode ser privilégio dos outros...

— Português... — disse Weber, exprimindo-se num italiano cheio de guturais asperezas.

— Como adivinhou? — tal foi o sentido da pergunta de Ramiro, num misto de espanhol e de italiano.

O suíço (que afinal era alemão) apontava para a etiqueta da mala de Ramiro, uma etiqueta de carneira com a palavra Lisboa em grandes letras.

Vivia em Estugarda — a cidade das fábricas «Mercedes-Benz», informou — e aproveitava umas breves férias para relembrar a Toscana.

— Andei por cá uns tempos — disse misterioso. «Durante a ocupação alemã?», suspeitou Ramiro, mas Weber, adivinhando-lhe o pensamento, apressara-se a explicar: — Viagem de núpcias.

Seria? Ramiro absteve-se de fazer perguntas. De resto, o alemão falava por mil, acompanhando sempre as palavras de gestos exuberantes. Acrescentara:

— Quem o diria? Há mais de um ano que nos separámos. Tudo correu bem, de princípio... Depois... Um amor de infância, um erro.

Admirado com aquela confissão, Ramiro interessou-se:

— Uma viagem aos lugares onde esteve quando ainda tinha esperanças de vir a ser feliz?

O alemão não percebeu a pergunta, demasiado subtil para o reduzido arsenal de palavras italianas de que dispunha Ramiro. Recorreram à língua francesa.

Depois, uma pausa difícil. Mas agora era incómodo, extremamente incómodo permitir que o silêncio se prolongasse. Weber resolveu a dificuldade:

— Vêem-se muitos automóveis alemães em Portugal? — E a seguir: — Há mais ingleses, não? — Ramiro tranquilizou-o. E quis saber, para apalpar o terreno:

— Descende do compositor?

— Não... — Hesitava.

Exploraria ele o filão da música, mostrando a sua cultura, ou, desinteressado e alheio, deixaria cair a conversa? A resposta foi frágil:

— Os portugueses preferem a ópera italiana?

Era a história dos automóveis traduzida em música. Ramiro não se deu por vencido, queria tirar a limpo a questão:

— Temos companhias alemãs todos os anos...

— Ah!

— E pianistas... Lembro-me de ter visto o Gieseking... — Desencadearia este nome alguma reacção em Weber? Mas Weber limitara-se a dizer:

— Como são latinos, supus que preferissem a ópera italiana. — Desviou os olhos para a janela. — Estive na batalha do Arno.

— E agora vem só? — pergunta inútil.

— Quando a retirada era inevitável e os italianos descobriram a nossa perturbação, o caso tornou-se muito sério. Começaram a atacar-nos por todos os modos e feitios. — Pausa. — Éramos uma dúzia, fomos apanhados numa emboscada, todos os meus camaradas morreram. Consegui fugir por uma porta e esconder-me num quarto. O quarto de cama duma rapariga. Não podia hesitar: apliquei à circunstância a receita já não sei de que romance.

«Quando alguém fala de si mesmo, metade do que diz é sempre mentira. Estaria já dita essa metade ou seria a outra...?» — assim pensava Ramiro.

— Apareci de pistola em punho, imagine como ela ficou! Os italianos que nos perseguiam tinham-me visto entrar no prédio, não havia um momento a perder. Obriguei-a a despir-se, a meter-se na cama, despi-me também, escondi a farda atrás duma cómoda.

— Eles apareceram?

— Ficaram surpreendidos, conheciam-na... Tão espantados que nem olharam para mim.

— E depois?

— Francesca tinha uns vinte anos, hoje terá vinte e seis... — Olhava em volta, receoso de que percebessem o que dizia. Continuou:

— Que faria você se tivesse aquela rapariga, tão bonita, nua ali ao seu lado?

— Ignoro... — Quando alguém fala de si mesmo, metade do que diz é sempre mentira. Estaria já dita essa metade ou seria a outra...?

— Francesca manteve-se em silêncio. Não me atraiçoou, viu a sua honra comprometida para me defender, mas o certo é que eu tinha uma pistola debaixo da almofada. Depois... Apertei-a nos braços, esqueci o perigo... Ainda hoje sinto um arrepio...

Do outro lado da janela: árvores, casas, vacas, tractores e homens passavam velozmente, mas apanhados num instantâneo, fixos às suas posições petrificadas.

— Cheguei a fazer parte dum pelotão de execução, é terrível... — Baixara a voz e olhava receoso para as camponesas. — Falhei propositadamente a pontaria para não ficar com esse remorso, mas foi um artifício estúpido. O desgraçado morreu, com as minhas balas ou sem elas. Foi um artifício para não me incompatibilizar nem com os oficiais que comandavam, nem com a minha consciência. Bem vistas as coisas, fiquei de mal com a minha consciência, não com eles... Mas recusar-me para quê? A recusa não punha a salvo os condenados. Além disso, não deveria eu ter começado pelo princípio negando-me a ir para a guerra? — Virou o leme. — Francesca soluçava... E eu? Nada fiz, deixei-a... — Silêncio. — Fazer, fiz, os outros viram-nos deitados... Fiz sem fazer, não é? Ela deu-me, generosamente, umas calças velhas e uma camisola rota. Fugi.

— Nunca mais soube notícias...?

— Não. Preciso de acrescentar que venho em busca dela? — Depois duma pausa: — Se eu não tivesse conhecido Francesca talvez o meu casamento fosse um êxito... Teria sido feliz... Mas sabendo da existência de Francesca e acreditando que a felicidade estava em Francesca...? Frieda queixa-se de mim, diz que a engano. As nossas primeiras zangas começaram assim. Eu traía-a, de facto, mas não como ela supunha. E deixei o meu casamento morrer, não fiz nada para o salvar. Desejava que ele falhasse, fiz tudo para que não mais pudéssemos viver juntos. A miragem de Francesca não me largava.

Compreende? Se visse como ela me procurou as calças e a camisola rota! A maneira como olhava para mim! Essas coisas nunca mais esquecem...

Sorriu, entregando-se ao silêncio. Arrependera-se, fora um desabafo, não queria mais falar? Ao longe, na noite que se avizinhava, apareciam agora reservatórios monumentais de gasolina ou de gás. E chaminés de fábricas. Que centro industrial poderoso e horrendo poderia ser aquele? — preparava-se Ramiro para perguntar quando, bruscamente, o perfil bem conhecido de uma cúpula apareceu para logo desaparecer. Florença! — pensou, com um misto de horror e de prazer, de angústia e de êxtase, a respiração difícil, a respiração suspensa!

Quando chegaram, Weber disse-lhe adeus rapidamente e sumiu--se por entre a multidão.

5

Cortarmos as amarras que nos ligam ao passado e renascermos para uma vida nova, uma vida a conquistar...! Quem se atreverá a mentir, a dizer que essa miragem não o assalta ao menos uma, duas vezes por dia?

A vida nova, o passado morto e bem morto, o convívio com pessoas que nada sabem de nós, para as quais o nosso passado não conta...!

Quanto a Ramiro... Buscava Berenice (essa Berenice morta para toda a gente). Mas se assim era, como poderia ter a ilusão de que procurava o futuro? Procurava o passado — esse passado onde ela estivera, vestida de negro e magra, de olhos luminosos, de busto atrevido.

Não pensou nestas coisas. Perseguia Berenice, escapava-se ao passado? Não, não pensou nestas coisas. O passado, o passado vivido com os amigos, o passado tão recentemente vivido com Beatriz, afastara para longe os acontecimentos próximos. Lembrassem-lhe que havia apenas uma semana estivera em Lisboa e não acreditaria! Lisboa, Beatriz, Gabriel — um mundo antigo, um mundo irrecuperável!

Procurou Berenice por toda a parte. Desceu as ruas, subiu às torres, cruzou e descruzou o rio. Foi aos hotéis: uma rapariga portuguesa, loira, alta, olhos azuis...

Uma ou outra vez recordava-se de Lisboa. Que estariam a pensar? O espanto entre os colegas do escritório! «Quem havia de dizer?» — escutava-lhes as vozes.

Ao quarto dia de Florença, quando já se dispunha a seguir para outras cidades, ouviu o seu nome, soprado de perto. Era Weber.

E, após uma troca de palavras reveladoras de alegria, sentaram-se num café.

— E Francesca? — perguntou Ramiro.

— Reconhecê-la-ei? Não é absolutamente necessário encontrá-la, compreende? Eu não podia deixar de vir, não podia deixar de tentar a sorte..., mas não acredito que a sorte esteja à minha espera. Tentei..., assim posso queixar-me à vontade. — Sorria. — Não é por minha falta que a perdi...

— Também procuro uma rapariga — respondeu Ramiro. — Uma rapariga possivelmente morta. Um acidente de automóvel, mas o corpo nunca apareceu. Não teria fugido, não teria simulado o desastre para que não a procurassem?

Weber olhava-o longamente e longamente se conservou sem uma palavra. Por fim, disse no seu francês entrecortado de termos italianos:

— Que razões tinha ela para fugir?

— Íamos casar em breve...

— Fugiu então e o meu amigo procura-a?

Com os dedos, Ramiro enrolava a conta que o criado deixara em cima da mesa. Mas quantas vezes já essa dúvida lhe surgira no espírito?

— Talvez não fosse do mundo que fugisse, mas do ambiente... Talvez não fugisse de mim se eu me transformasse... Julgo tê-la visto... Acabara de chegar à Itália ou ia-se embora? — Contou-lhe tudo e disse-lhe — sinceridade somente possível com um desconhecido — que não devolvera o dinheiro, que viajava com dinheiro roubado.

Weber não se impressionou. Limitara-se a replicar que a busca da felicidade valia bem um roubo.

— Sou rico, não precisei de roubar — esclareceu. Sorriu. — Quer dizer: roubei antes... E nem fui eu, mas o meu pai. Uns negócios nem sempre muito limpos, ouvi dizer. Posso ter a consciência tranquila — acrescentou, deitando fora o cigarro. — Somos irmãos... — Uma voz amarga: — Ambos fugimos da nossa mulher, procuramos outra. Se não descobrir Berenice e quando o dinheiro se gastar..., que pensa fazer? — mudara o ritmo da frase.

— Não sei ainda. O passaporte é válido por três meses... Não sei ainda!

O criado voltou com os dois *whiskies* pedidos por Weber. Mudaram de conversa.

— Alguns destes homens ter-me-iam matado há meia dúzia de anos. E tanto eu como eles somos os mesmos...

— O meu amigo não teria feito o mesmo?

— Decerto. Mas nunca matei ninguém.

«A parábola do bom soldado» — pensou Ramiro. Pôs a bolsa do tabaco em cima da mesa. Weber distraía-se a ver as pessoas que passavam, esquecera-se de Ramiro. Este observava-o disfarçadamente: o cabelo loiro, quase branco; o rosto avermelhado, um bigode espesso e grisalho que lhe escondia o lábio superior. Nada garantia que Weber dissesse a verdade. A tolerância com que aceitara o roubo de Ramiro parecia até adequar-se mal a um homem tão consciencioso. Não é certo que só os pecadores são capazes de perdoar? — cogitava ele.

Almoçaram juntos. Enquanto partia o bife, Weber perguntou:

— Tem filhos?

— Esperava um... — Dissera *esperava* e não *espero*.

— Humboldt escreveu que é um crime ter filhos...

— Já São Jerónimo proclamara o mesmo aquando da invasão dos Bárbaros. E...

Avesso à erudição, Weber interrompeu-o:

— Isto não é carne de vitela, não é nada. — Examinava o fio da faca.

Habituado à carne de Lisboa, Ramiro disse:

— Olhe que não me parece má...

— O matrimónio! Que arrepio não sentirão os homens do futuro quando pensarem que no século XX o casamento era vitalício, indissolúvel na maior parte dos casos!

Ramiro devolveu-lhe as palavras:

— Estou a ver alguns futuros historiadores a tentar convencer os seus contemporâneos de que não sofríamos tanto como eles poderiam supor... «Os homens estavam habituados, era o costume», dirão. Qualquer coisa no género do que li outro dia sobre Torquemada. Escrevia o historiador: «Atendendo às condições da época, o regime prisional de Torquemada era bastante benévolo...» Atenderiam as vítimas de Torquemada às condições da época?

Na mesa do lado, uma rapariga extremamente bonita, extremamente bem feita, desviou a cara, perturbada com a insistência dos olhos de Weber.

— Atendendo às condições de vida da nossa época — repetiu em voz baixa Ramiro — o casamento é muito benévolo...

— Que tem contra a sua mulher? — perguntou Weber, de súbito.

— E você?

— Muitas coisas...

— Não. Não tenho nada. Ou melhor: apenas isto: ser casado.

Weber insistiu em pagar.

Deram depois uma volta e, com uns copos a mais, o alemão monopolizou completamente a conversa. Estavam debruçados sobre o rio, na ponte de madeira.

Inscrevera-se no Partido Nazi. Porque fosse nazi? Que é ser nazi? — perguntou. Pelo menos admirava neles uma coisa: a força. — E não há motivos para admirar a força? Se os outros não sabiam defender as próprias ideias é porque elas eram menos ricas, menos adaptadas à realidade. A natureza ensina que o mundo não é dos fracos, mas dos fortes. São estes que perduram. Os nazis eram os mais bem adaptados, os vitoriosos. Quem admiramos nós? O *homo sapiens* que destruiu o homem de Neanderthal ou este, que se deixou exterminar? O *homo sapiens*, naturalmente... Pelas mesmas razões eu admirava os nazis, compreende? Eles sabiam vencer. Admirava-os e tudo quanto eles representavam, por muito dolorosas que fossem certas coisas.

— Perderam.

— Abandonei o nazismo quando percebi que iam perder...

Nas escamas brilhantes e movediças que a Lua estendia no rio espelhava-se o sorriso de Ramiro.

— É natural, não é? Mas a minha atitude não foi uma vulgar atitude de fuga por ver as coisas mal paradas. Não. Eu cria na verdade das doutrinas que triunfavam, ainda hoje creio. Permaneci sincero comigo mesmo: o nazismo era o vencedor e, portanto, eu era nazi. Mas o nazismo foi dominado, as outras doutrinas revelaram-se portanto mais aptas. Que remédio senão reconhecer o erro? — Pausa. — O nazismo proporcionou a derrota. Conclusão: era falso. — Abriu um parêntese: — Não sente humidade? Não será melhor procurarmos terra firme?

— Em certo sentido — disse Ramiro, a ver se lhe desembrulhava mais a língua —, a guerra não acabou. — Começaram a afastar-se da ponte e Ramiro prosseguiu. — Até certo ponto, o nazismo perdeu apenas a primeira batalha, ficaram ainda algumas batalhas por travar... Creio que o meu amigo, sem perda de coerência, poderia continuar nazi, pelo menos até ao último combate. Quem sabe lá!

Paul Weber já não sorria, tornara-se lacónico de súbito.

— Não sente? — disse depois. — Húmido, muito húmido! O meu reumatismo dá o sinal... Não, não — acrescentou. — O nazismo perdeu. — Novo silêncio em que ouviam os próprios passos na rua estreita e deserta. — Quando será a última batalha?

— Poderemos saber? Enquanto houver um escravo... — Não continuou.

— Um reumatismo levado de mil diabos. O meu amigo é jovem e está ainda ao abrigo destas coisas, mas eu...

6

Partiu no dia seguinte para Siena, a gibelina *Colonia Julia Senensis*. «Viandante! Siena abre-te o seu coração!» Não a sua inteligência, o seu coração.

Invadiu-o a certeza de que Berenice o esperava. Mas não a encontrou nem no *Campo* junto à fonte de Della Quercia (de repente olharei para a superfície límpida da água e sorrir-me-á lá do fundo a tua imagem, Berenice!), nem na catedral vermelha, branca e preta onde São Platão convivia com os outros santos, nem sequer em Santa Maria Della Scala.

Três dias em Arezzo fascinado pela gravidade do olhar quieto e silencioso de Belkiss. No hotel informaram-no de que uma portuguesa estivera lá dias antes, tendo seguido depois para Florença. Loira? — Loira. — Alta? — Alta. — Magra? — Magra. — Vinte e poucos anos? — Vinte e poucos anos. Ramiro não quis saber mais. Correu de novo para a cidade do lírio vermelho.

— O mundo é pequeno — comentou Weber.

Como poderia Ramiro dizer o mesmo?

— Parece-me que encontrei Francesca. Não tenho bem a certeza, mas creio que sim.

No dia seguinte garantiu:

— Não posso ter dúvidas.

— Ela reconheceu-o?

— Compreenda bem. Francesca viu-me com uniforme, o meu amigo sabe como as pessoas ficam diferentes... Viu-me nu. Depois vesti um fato que não era o meu. Além disso tenho bigode e dantes não...

— E agora? — interessou-se Ramiro.

— Preciso de saber as condições em que vive, compreende? Imagine que é casada...

Nessa tarde Ramiro apanhou o comboio para Perugia. Três dias em Perugia, três dias em Assis. «Berenice! Aproveito este momento em que estou só, tendo o castelo atrás das costas, a paisagem ali à frente, com montes verdes e castanhos, e um discreto e pobre rio seco, para murmurar o teu nome. Aqui onde S. Francisco talvez tenha vindo, aqui onde estou séculos depois, aqui...»

A intuição de que Berenice partira para Ravena. Não. Ferrara. Não. Bolonha.

De que estaria neste momento, neste preciso momento na torre Asinelli. Acima, acima, Ramiro, acima à torre ducal!

Não.

Olhou para a planície circundante e as montanhas vizinhas. Quem sabe? Lá em baixo, lá tão longe... Sim, na rua estreita uma rapariga loira. Avançava devagar, parou por instantes em frente dum vendedor de fruta. Levara à boca um cacho de uvas e comia-o, inclinando levemente a cabeça para não pingar o vestido. Ramiro correu pela escada abaixo, mas quando chegou à rua *Berenice* desaparecera. E no hotel informaram-no (a história repetia-se): estivera lá hospedada uma portuguesa. Loira? — Loira. — Magra? — Magra. — Alta? — Alta. — Vinte e poucos anos? — Vinte e poucos anos.

— Outro nome, mas quem poderia saber? Partira para Florença nessa tarde.

Em Florença, de novo, Ramiro não encontrou Berenice, mas Weber.

— O mundo continua a ser pequeno...

— O mundo é enorme...

— Pequeno. Sempre era Francesca, sabe?

— Enorme.

7

Weber descobrira Francesca, não por acaso, mas porque passara uma busca sistemática a todas as casas com porta aberta para a rua. Deste modo — ele admitia, claro está, que Francesca continuava viva e em Florença — somente um pequeno número de mulheres podia escapar ao seu inquérito: as donas de casa (mas não é verdade que elas também iam à rua fazer compras?)

Durante quinze dias, com paciência germânica, foi investigando de rua em rua as lojas, o fechar das fábricas, a saída dos escritórios. A exploração sistemática da via Tornabuoni resolveu-lhe o problema.

Weber aproximou-se de Francesca e quis ver lenços de senhora. Ela mostrou-lhe os lenços, abriu-os um a um, um a um os estendeu sobre o balcão.

— Não sei — disse Weber. — Pode dar-me um conselho?

— Por mim, escolheria este — respondeu ela, baixando para logo erguer os olhos azuis. Weber observava: as estampas do lenço pareciam extraídas dum vaso etrusco desenterrado em Fiesole. — Ou este — acrescentou, instantes depois: uma cena de caça impressa nas oficinas de algum velho gravador britânico do século XVIII.

Francesca não usava aliança. Solteira portanto? Weber esperou que a loja fechasse, que Francesca saísse.

Seguiu-a de longe. Aparentemente ela ia para casa: evitara a Piazza que lhe ficava no caminho e ao longo de vielas estreitas dirigiu-se para o rio, ultrapassou-o pela Santa Trinita, meteu-se por novas ruas. Abriu a porta duma velha casa e entrou.

Weber esteve ali horas sem fim até que a noite varreu da rua os homens e as mulheres. Donos da cidade, agora, apenas os gatos e os cães, a contas com os caixotes do lixo, a contas uns com os outros.

E na manhã seguinte, muito cedo, pôs-se de vigia. Era verdade: viu sair Francesca, viu-a correr com o ar de quem estava atrasada. Viera um homem à varanda. O marido? O amante? Era evidente que o homem a seguia com os olhos e Paul ficou à espera de que Francesca se voltasse antes de dobrar a esquina. Não. Sempre com pressa, desapareceu.

A correr saíra à hora do almoço, a correr voltara. E quando, ao fim da tarde, a loja fechou, não foi direita a casa. Deu um passeio, meteu o nariz numa pastelaria, melancolicamente espreitou para uma esplanada cheia de estrangeiros.

Sempre escondido, Weber vigiara-a atentamente para ficar com uma ideia completa da situação de Francesca antes de lhe dirigir a palavra. O tal homem que viera à janela? Não. Francesca morava dois andares acima.

Ao cabo duma semana completara o inquérito. Vivia sozinha num quarto, tinha duas ou três amigas, fora duas vezes ao cinema, e, embora jeitosa, embora bonita, não namorava. A não ser que o apaixonado estivesse longe, o que era improvável. Nunca viu Francesca pôr uma carta no correio.

Certo dia entrou na loja, desta vez para comprar um cinto de senhora, exposto na montra. Ela sorriu. Recordava-se dos lenços e deu-se à liberdade dum comentário.

— Para a mesma pessoa?

— Não. O lenço destina-se à minha irmã, ela dizia que eram mais baratos em Itália. O cinto vou oferecê-lo com um livro a um casal amigo.

Saiu e dispôs sabiamente as coisas para se encontrar por acaso com Francesca. Sabedor do trajecto seguido por ela aquando do regresso, Weber encostou-se a uma esquina — os olhos atentos ao fundo da rua. Teve muito que esperar porque Francesca não fora logo para casa, dera umas voltas por aqui, por acolá.

— Desde há pouco...? — disse ele, impedindo-lhe a passagem.

Francesca submeteu-se. Mas não sabia que dizer.

— Ainda não fez todas as compras?

Weber pegou-lhe na palavra.

— Ah, nem imagina! O regresso obriga a levar presentes. Pessoas que não se esqueceram de nós quando viajaram...

Francesca não tinha pressa.

— Se quiser indico-lhe uma casa onde as coisas custam metade do preço. — Falavam ora em francês, ora em italiano.

— Ser atendido por si vale bem a diferença — respondeu Paul, galanteador, e Francesca abriu-se num sorriso.

— Alemão ou austríaco?

— Alemão — respondeu ele, procurando adivinhar-lhe as reacções. — Porquê?

— Não os julgava tão amáveis — disse Francesca, os dentes muito brilhantes sob os lábios rubros.

— Refere-se à guerra, não? Haverá gente amável durante a guerra? — Continuavam parados. Um cão cheirou Weber, depois Francesca, e foi sentar-se perto, os olhos muito vivos voltados para eles, as orelhas espetadas.

— É seu?

— Não, que ideia!

— Ouça. Você é a única pessoa que conheço em Florença. Parece mal convidá-la para tomar um «espresso»?

— Não. — Acrescentou: — Parecer, parece... — Nova pausa. Um sorriso, um leve encolher de ombros. — Não me preocupo com essas coisas. — Teve uma afirmação ingénua: — Cheguei a frequentar o primeiro ano da Universidade!

Dirigiram-se para o café que havia ali à esquina. O cão seguiu--os durante algum tempo. Por fim distraiu-se. Trocara-os por uma biciclete vermelha.

Sentaram-se numa pequena esplanada (duas ou três mesas sobre o passeio).

— Porque pensa mal dos alemães? Experiência de guerra?

— Não penso mal dos alemães. Creio que os alemães são como os italianos. Há bons e maus. Durante a guerra cheguei a conhecer um alemão, como hei-de dizer?, bom...

— Que fez ele?

— Nada, mas era bom. — Francesca desembrulhava o açúcar. — Todo? —disse.

— Se não se importa... Obrigado. — Depois: — Não conheço ninguém em Florença. Conhecer uma cidade é também conhecer os seus habitantes e não apenas as pedras, sabia? Se regresso a Estugarda e digo que visitei o Baptistério mas não conheci Francesca que vão pensar de mim os meus amigos?

— Francesca? — disse ela. — Como sabe?

Hesitação breve. — Muito facilmente — respondeu Weber. — Ouvi um colega seu chamar por si.

— Ah! — exclamou, pensativa.

8

Seguindo a pé em direcção à porta que se abria no flanco da muralha, sob um sol pesado que crestava a relva e amolecia as pernas, Ramiro foi assaltado pelas primeiras dúvidas. Deixara a mala na estação porque decidira não dormir na cidade. Mas dormiu. E dormiu profundamente onze horas a fio, tão grande era o cansaço! Mais semana menos semana o dinheiro chegaria ao fim. E depois? Essa vida vivida até ali sem nenhuma preocupação com o dia de amanhã, a certeza certa de que o futuro o esperava! Intoxicado pela vida nova, intoxicado de esperança, Ramiro fora feliz durante esses dias de Itália. Mas o contentamento sumira-se, a realidade aparecia-lhe agora implacável e sem emenda possível.

Não encontrara Berenice. Só ele pudera acreditar que Berenice vivia ainda. Mas estava morta, bem morta. Sem dinheiro, o passaporte caduco, que poderás fazer senão voltar a Portugal, onde a prisão te espera? Um mandado de captura, uma mulher, um filho inevitável e próximo!

Foi também a primeira vez que pensou a sério nesse filho que a cada instante se aproxima do mundo, toma forma humana, perde o aspecto gelatinoso, cria ossos, pernas, olhos, pulmões, boca, cérebro, sentimentos e ideias. Esse filho que ainda o ignora, mas que um dia será o seu juiz, o mais duro, o mais implacável dos juízes. O pai fugira para o estrangeiro, depois dum desfalque — como haviam de dizer aqueles que o dissessem.

Chegado finalmente às portas de Luca, Ramiro deteve-se para receber a frescura da sombra e limpar com o lenço a testa salgada.

Mas a vida é assim: quando o desânimo nos invade, o triunfo surge, tantas vezes! E essa nova ilusão, de mistura com o frio das velhas muralhas, levantou-lhe o ânimo, encheu-o de uma inquieta esperança. Sim, agora que perdera a fé, Berenice surgiria com os seus olhos azuis, os seus cabelos loiros.

Agora! Precisamente agora! Não.

Acolheu-se à sombra da igreja de San Gabrielle, arcanjo protector, e sentou-se. Desejaria beber um café, mas teve coragem de resistir (o dinheiro era pouco). E nem mesmo procurara Berenice porque já não acreditava que pudesse encontrá-la.

Mais tarde escreveu: «Ver-nos-emos, Beatriz, dentro de mês e meio, porque não poderei continuar indefinidamente aqui...» Mas não mandou a carta.

9

Duas noites depois, de novo em Florença, Ramiro reencontrou Weber. Fora, depois do jantar, até à praça da República e descobrira-o numa dessas esplanadas em que a orquestra vai servindo sanduíches de música: agora ópera, a seguir música ligeira, ópera outra vez e assim pela noite fora.

— Francesca? — disse Ramiro, passados os primeiros instantes.

Paul Weber sorriu com alguma melancolia.

— Que idade tenho eu? — Erguera a voz.

— Quase cinquenta...

— Trinta e nove — disse o outro, pensativo.

Deu pela falta da caixa de fósforos, descobriu-a no chão, apanhou-a.

— Francesca — prosseguira entretanto — gosta do homem que lhe pediu asilo há sete anos. — O cigarro ficara mal aceso. Weber riscou outro fósforo e ergueu a chamazinha amarela até à altura da boca. — Dante não era florentino? — Lentamente, expelia um rolo de fumo esbranquiçado.

— Disse-lhe alguma coisa? — quis saber Ramiro, mordido pela curiosidade, mas atento ao cachimbo.

— Sim, considera-me bastante mais velho, quase um pai. Engordei, não é? — Abriu-se em confidências.

— Às vezes interpretamos mal as reacções dos outros.

— Às vezes...

— Quem era o feliz apaixonado? — Weber demorou a resposta. Quando se decidiu a falar trocara involuntariamente a língua italiana pela francesa (o receio talvez de que o percebessem nas mesas mais próximas).

— Não me disse tudo, mas apenas: um oficial alemão que lhe pedira auxílio...

Ramiro não o interrompeu. Custava-lhe a crer. Weber não seria dotado de imaginação a mais? Não seria tudo aquilo mentira, a mentira de alguém que falhara no país natal e procurava reabilitar-se aos olhos dos outros num país onde ninguém o conhecia?

— Perguntei a idade dele. Uns trinta anos.

— Será outro, então?

— De modo nenhum...

Ramiro desviou os olhos, esteve um largo instante sem encontrar a palavra desejada.

— Seja como for! É estranho que o não reconheça! — disse depois.

Weber encolheu os ombros.

— Ela tinha dezassete anos...

Uma cantora já idosa, muito gorda, muito alta, arrancava de uma ária de Donizetti sucessivas notas agudas com impressionante e desnecessária facilidade. Palmas. Por instantes ela imaginou-se no Scala. Palmas. Por instantes identificou-se com a Tebaldi. Palmas. Por instantes deixou de ser o que na realidade era: um fracasso!

— Com uma voz destas e aqui! — comentara Weber, convertido pelo excesso dos agudos e o excesso dos aplausos.

— Mas porque não diz a verdade? — insistia Ramiro. — Não tem coragem?

— Francesca contou-me que o oficial alemão, ou os companheiros, tinham assassinado uma vizinha... A palavra *assassinado* é ilegítima, estávamos em guerra, perseguiam-nos... Em todo o caso não fui eu... — Sacudia violentamente a cabeça.

— Que tenciona fazer? — Verdadeira ou falsa, a história de Weber era uma verdadeira história. Ramiro interessava-se por ela como se poderia interessar por qualquer romance que estivesse a ler.

Weber não respondeu. Sorriu para Ramiro e teve a delicadeza de perguntar:

— E Berenice?

Era então possível que, no meio dos seus problemas, Weber ainda tivesse tempo para se lembrar dos problemas dos outros?

— Berenice morreu.

— Mas em Turim, em Bolonha...?

— Berenice morreu.

10

Weber não avisara Ramiro, não avisara Francesca, mas resolvera encontrar-se com ambos no mesmo sítio e à mesma hora.

— Vê aquela rapariga? Aquela que vem ali a correr? — O coração de Ramiro parou. — É Francesca. — Parou porque Francesca era o retrato vivo de Berenice, uma Berenice diferentemente vestida, mas com os mesmos olhos, os mesmos cabelos, o mesmo busto ousado num corpo esguio e sereno.

De que conversaram os três? De coisas sem importância, certamente: alguns filmes, o caso Moretti que enchia as páginas dos jornais.

Quando Weber e Ramiro ficaram sozinhos o alemão perguntou:

— Que pensa dela?

— Não sei... — E ao mesmo tempo tossiu, não por necessidade absoluta, mas para experiência: sim ou não, tinha os brônquios invadidos pela cerveja gelada que acabara de beber?

— Eu diria — prosseguiu o outro, interpretando mal a tosse de Ramiro — que o meu amigo ficou impressionado.

Ramiro esteve para negar, mas os olhos firmes — e, no entanto, benévolos — de Weber não o deixaram mentir.

— Serei sincero... É preferível que não a veja mais...

— Preferível porquê? Paixão à primeira vista?

— De modo nenhum. Mas aquela estranha parecença com Berenice...

— Parecença? — repetiu Weber, atento às hesitações de Ramiro. Por fim: — Terá sido para conhecer Francesca que os deuses o trouxeram a Itália?

O inverno gelado da bebida recente descia aos brônquios de Ramiro, agarrava-se-lhe à voz.

— Constipado? — perguntou Paul Weber. Meteu a mão na algibeira, tirou de lá uma caixa e abriu-a: — Tire uma pastilha destas, far-lhe-á bem.

— Não vale a pena...

— Tire...

A verdade é que no dia seguinte estava muito melhor. Tinha combinado encontrar-se com Weber, mas Weber não aparecera. Apenas Francesca.

De princípio a conversa deslizara friamente, na expectativa da chegada de Paul. Como fora, como não fora que o haviam conhecido. Que espécie de homem era, que espécie de homem não era.

— Conheci em Portugal uma rapariga muito parecida com Francesca — disse de repente, observando as árvores que emergiam do claustro de Santa Maria Novella.

Francesca baixara os olhos em silêncio.

— Eu amava-a. — Explicou-lhe tudo (menos a história do desfalque).

— Uma vez, durante a guerra, dei abrigo a um soldado alemão. Foi já no fim... Ele ou o companheiro tinham matado uma mulher... Um erro, com toda a certeza... Prometeu-me voltar quando a guerra acabasse. Fiquei à espera.

— Continua a esperá-lo?

— Chama-se Paul Weber. — Dissera isto com naturalidade, sem um gesto, sem uma ruga na testa, sem um sorriso. — Não o reconheci da primeira vez que foi à loja. Aquela cara lembrava-me não sei quem, mas... — Enrolou no dedo o colar que trazia ao pescoço. — Quando apareceu segunda vez não hesitei. Era ele.

— Está um ar pesado — disse Ramiro para fechar o silêncio que ela deixara aberto e para escolher a resposta com mais tempo. — Ele sabe? — Resolvera fingir uma completa ignorância.

— Acredita que não? Tenho a certeza de que sabe e que sabe que eu sei. E que tem estado a representar uma comédia...

— Porque não levanta o véu, porque não põe fim à comédia?

— Ele sabe que eu sei e finge que não sabe... É tão difícil isto! Quando descobri que era ele, descobri que não o amava.

— Por causa da tal mulher...?

— Não, não... Porque sim. Não sei...

Fingindo um ar alheio, Ramiro perguntou:

— E Weber percebeu que a Francesca já não gostava dele?

— Decerto...

Ficaram de novo em silêncio, os olhos na fachada colorida da igreja.

— Francesca! Que opinião tem de Weber?

— Descobriu também que eu não era quem ele amava.

— Ouça-me, Francesca! Não sei, estarei enganado? Foi tudo tão rápido... Penso: a minha vinda à Itália... Tê-la conhecido... Ah, Francesca, se soubesse...! Como é possível? Mas não consegui dormir esta noite, a Francesca não me saía do pensamento. É certo que tinha os brônquios apanhados, talvez mesmo uma pontinha de febre... Não, não era isso. Pensava em si. Bem, a Francesca dormia nesse momento. E talvez não! Eu punha-me a dizer: estará acordada, estará a pensar em mim...? Não, eu sei, estava a dormir com toda a certeza... É essa impressão, sabe? Um homem nasce, vive, passa o tempo com a sensação de que não valeu a pena viver. Não digo que deseje a morte, isso não. É sempre preferível viver. Mas o caso é outro: não houve nada de importante, a vida foi sempre uma espera... É verdade: fui feliz muitas vezes, muitas, muitas vezes. Mas isso não queria dizer que pensasse: «vivi para isto. É este o momento, o exacto momento, o momento único». Percebe? Berenice morrera e tudo ficara por acontecer. Não podia acreditar... Eu explico, acredita-me? Não foi por ele que a Francesca esperou todo este tempo. Foi por mim... Compreende? Por mim... Eu nascera longe, tão longe de si... Estava lá! A Francesca não sabia da minha existência, eu não sabia da existência da Francesca... A Francesca esperava, esperava por quem? Num momento a guerra rebentou. Num momento surgiu Weber. Weber... Ah, nesse tempo eu estava em Portugal, era pobre, não podia vir ter contigo. Foi assim: Weber surgiu porque eu não podia ainda vir ter contigo. Veio para que tu esperasses. Tiveste de esperar por ele, porque eu vivia longe, e, esperando por ele, esperavas por mim. De súbito eu parti de Lisboa, Weber de Esguarda. Ele vinha ter contigo para que eu te conhecesse. E o que sete anos antes começara sem que soubéssemos que começara, acelerou-se, conhecemo-nos, estamos aqui. Tu esperavas por mim, compreendes? Por mim, desde esse dia...

11

Depois de alguma indecisão Ramiro aceitou os duzentos marcos que Weber lhe ofereceu para a viagem. E os dois — Francesca e Ramiro — apanharam o comboio de Nápoles. Weber tinha prometido ir à despedida, o tempo passou, não conseguiram vê-lo. Talvez no último momento... Sim, aquele vulto, ao fundo, que se aproxima, a correr... Disseram-lhe adeus. Francesca agitara o lenço, uma, duas, três vezes... Mas não era nem podia ser ele, por esta razão muito simples:

No dia anterior, Paolo, Filippo e Piero tinham-se cruzado com Weber. A maneira de andar, a altura, tudo... É certo que o bigode... Não, não podia haver dúvidas, dissera Paolo. Aquele homem era o oficial alemão que lhes havia escapado, o oficial alemão que ferira gravemente Paolo, que matara Gina.

— Estávamos em guerra — disse Filippo, conciliador.

— Uma tareia, pelo menos — propôs Paolo.

Seguiram-no furtivamente até ao hotel. E no dia seguinte fizeram-lhe uma espera...

Quando Weber apareceu — dirigia-se à estação para se despedir de Francesca e de Ramiro — viu na sua frente os rostos decididos de Paolo, de Filippo e de Piero. E obrigaram-no, como nas fitas de cinema acontece, a entrar para um automóvel.

— Não tenho bem a certeza — repetiu Filippo — Será ele? Naquela confusão... — Paolo tinha a certeza, o que obrigava os companheiros a tê-la também.

Desceram. Com a pistola forçaram Weber a sair da estrada, dirigiram-se para um pinhal.

— Se me querem roubar perdem o tempo. Não trago dinheiro comigo...

A resposta de Paolo intrigou Weber: «Ninguém quer o teu dinheiro». Que pretendem então? — ia a dizer, mas Paolo proibiu-o de falar.

— Será ele? Perguntemos-lhe... — insistira Filippo.

— Não vale a pena — respondeu Paolo. Voltara-se para Weber: — Devíamos dar cabo de ti, mas perdoamos-te...

Weber insurgiu-se. Que farsa era aquela?

— Nem uma palavra!

Caminharam vagarosamente e em silêncio. Das ervas pisadas vinha um cheiro fresco que alargava os pulmões, que prometia dias de infância, arcos de brincar, bibes axadrezados, jogos da cabra-cega.

— Vira-te para mim! — disse Paolo. — E nem um gesto de defesa, ouviste? — Apanhou-o de improviso com um soco bem colocado. Weber caiu. Olhava para eles, atónito, a mão esquerda apalpando o rosto.

— Ficas a saber que nunca mais cá voltas. Levanta-te! — gritou em seguida. Weber ergueu-se com dificuldade. Outro soco e Weber tombara de novo, com o nariz ferido. Procurava estancar o sangue com o lenço, sentia-se meio inconsciente, ou melhor: consciente apenas de que aquilo não tinha importância, que o aroma redescoberto das ervas pisadas era a coisa mais importante do mundo. — Levanta-te! — repetiu Paolo.

As copas das árvores abanavam, sopradas pelo vento imperceptível, deixando ver uma nesga esverdeada do céu. Um coelho apareceu ao fundo, teve medo, fugiu. Um pássaro desconhecido começou a cantar, respondeu-lhe o assobio de outro, muito perto, e deram por terminado o diálogo. Um esvoaçar invisível, o silêncio depois.

Weber ficara estendido sobre a terra. Paolo deu-lhe a mão, ajudou-o a levantar-se. Irritava-o que o alemão caísse sempre que o atingia.

— Aproxima-te daquele pinheiro — disse. Assim, quando Weber se desequilibrava, o tronco da árvore devolvia-o contra os punhos de Paolo, podendo este martelar-lhe então o queixo sem os enervantes intervalos das quedas.

— Basta! — exclamou Filippo. — Já tem a sua conta...

— Pronto? — disse Piero, impressionado.

— Pode aparecer alguém... — sugeriu Filippo.

— O último! — respondeu Paolo. Mas a cabeça de Weber foi enterrar-se num galho afiado. Os joelhos vergaram-se-lhe, as pernas abriram-se-lhe, Weber ergueu os braços num gesto inútil e caiu violentamente no chão.

Estava morto.

Sem perder a serenidade, Paolo revistou-lhe os bolsos: algumas liras, alguns marcos. E deu a Piero o anel e a Filippo o relógio.

— Posso confiar em vocês? Leva sete anos de atraso...

A polícia descobriu finalmente o hotel de Weber. Numa das malas encontraram um caderno, uma espécie de diário de viagem.

As últimas páginas falavam de Ramiro e de Francesca.

12

— Mas tu? Tu que nasceste onde nasceste, poderás ser feliz tão longe, poderás ser feliz comigo? — Hesitou. — Não há em Portugal nada que possas fazer? A tua pátria não precisa de ti?

Sentaram-se. Viam o golfo, a névoa cinzenta que pesava sobre a cidade, a península que se estendia pelo mar fora. O navio, reconhecera-o Ramiro: O *Vulcânia*? O *Satúrnia*?

Traço de união entre dois universos, ele aproximava-se, minúsculo, na enseada, antes tão pequena, agora subitamente enorme por força da comparação.

E uma aparência de sossego.

— Prolongaremos a nossa felicidade, Francesca.

Com um sorriso triste ela respondeu:

— Não creio que possa prolongar-se a felicidade. — Atirou uma pedra para longe, ficaram os dois a vê-la rolar até que uma pedra maior lhe impediu o caminho. — Não teria aceitado fugir contigo se tivéssemos de viver eternamente juntos. — Encarou-o com firmeza, com uma segurança que o seu sorriso brando sublinhava. — Só assim poderemos ser inteiramente felizes: sabermos que dentro de um mês isto já não será possível, que dentro de um mês, amanhã quase, isto já passou... Vivermos um instante que não se repetirá, um instante único e para sempre lembrado como único... — Abraçara Ramiro, a cabeça apoiada no peito dele, as palavras suspensas. E quando de novo falou, falava tão baixo que mal se ouvia. — Não. Se alguém me dissesse: «o futuro é vosso», eu não aceitava. Diluir pela eternidade esta quantia mínima de ventura que a cada ser foi concedida é apagá-la... É preciso vivê-la toda num instante... Toda... Toda. Então a nossa reserva de felicidade, gasta num momento só, será um êxtase, um absoluto!

Ramiro não respondeu. Lera nessa manhã a notícia da morte de Weber, as especulações dos jornais. Nada dissera a Francesca, mas — não seria um erro? — apressara-se a trocar nos vários cambistas os duzentos marcos que Paul lhe oferecera. O receio de que desconfiassem dele, caso lhe descobrissem o dinheiro alemão.

— Mas és feliz, Francesca, verdadeiramente feliz?

— Inteiramente feliz, Ramiro — respondeu com uma voz magoada cujo fundo longínquo era o Mediterrâneo, o Mediterrâneo dos bilhetes postais, muito azul e tépido, romanesco e clássico, infinito e fechado.

— Não quero que esgotes o futuro comigo, Francesca. Quero que deixes alguma coisa para depois.

— Um dia poderei dizer a toda a gente o que é a felicidade. — Vigiava outra vez o rumo indeciso da pedra que acabara de atirar. Iria mais longe do que a precedente?

— Não sabes, não tens força. Queres ver? — Ramiro apanhou outra. Um gesto largo e a pedra voou. Pouca sorte: mal raspara a terra, prendeu-a um arbusto.

— Não tens habilidade...

— Queres ver? — Um seixo redondo, redondo e vermelho, vermelho e veloz.

— A minha foi mais longe — disse Francesca. Mentira.

Ramiro sentiu a necessidade de lhe perguntar outra vez se era feliz, se aquilo não se chamaria antes desespero, mas continuou calado.

— Somos felizes, somos felizes — disse Francesca, virada para ele, um grande sorriso aquecendo-lhe o rosto entristecido. Depois: — Não podes imaginar, Ramiro... Muitas vezes desejei não ser italiana, sabes porquê? Para visitar a Itália, para ter a sensação de que era estrangeira... E é isso que sinto agora. Não é bom? Falemos em francês.

— Amo-te — disse ele.

Francesca acrescentou:

— Não sentes o mesmo, Ramiro? Não és capaz de viver sem pensar no futuro?

— Devo mentir?

— Não.

— Não sou.

— Vou ensinar-te... — levantara-se, dera-lhe as mãos. — Não há futuro, compreendes? Repete!

— Não há futuro. — Curvado, apanhou outra pedra, impeliu-a com força.

— Não há futuro, é a sério. — A trajectória da pedra guiara-lhe os olhos até ao *Vulcânia*: um vulto negro, uma linha curva na água azulada. — Tu não acreditas. Pensas que digo isto, mas que penso o contrário, que no meu espírito está a palavra *depois*. Depois faço isto, depois faço aquilo... É?

— Não sei.

— Não existe depois. Olha para mim... Vês? Vês que não existe depois?

— Não existir depois é morrer, querida.

Uma sombra passou nos olhos azuis de Francesca.

— Não é morrer, não... É apenas não saber, não desejar saber o que existirá depois.

— Não estás a ser feliz, Francesca. Leio-te nos olhos. Tão infeliz, tão triste... Como podes mentir? Sim, sim, é isso. Quando a felicidade for tão grande que o nosso peito comece a doer, então acabemos tudo para que esse instante e essa felicidade fiquem ao abrigo do convívio que tudo acabaria por destruir. Mas não é o caso. Tu és infeliz. E infeliz porque não podes ser feliz comigo, Francesca? Não. Ainda não sabemos... Esperámos tanto um pelo outro! Tanto... Como podíamos nós descobrir imediatamente a felicidade perfeita, a felicidade que é preciso guardar para sempre? Não, Francesca. Não... Arranjarei qualquer coisa. Não posso perder-te, não estou disposto a perder-te, agora que te descobri. Não serás minha apenas por um mês.

Não chegou a um mês. Quando Ramiro se levantou, no dia seguinte, Francesca não estava a seu lado. Fugira. Procurou-a pela cidade, procurou-a por toda a parte.

E deixara escritas estas palavras: «Amo-te. Fui inteiramente feliz contigo, inteiramente, inteiramente, acreditas?»

EPÍLOGO QUASE EDIFICANTE

Um dia, estavam os três — Genoveva, Jaime e Gabriel — sentados num café quando viram chegar, a face tisnada, o ar desembaraçado, um sorriso nos lábios, Raul Marques dos Santos, amigo querido dos bons tempos de liceu. Há que anos se não viam! Fugira de Portugal, durante muitos meses nada tinham sabido, só mais tarde foram informados de que emigrara. Não que ele mandasse notícias, mas alguém o vira na África do Sul.

Passadas as primeiras explicações, os primeiros abraços, Genoveva disse:

— Desapareceste sem uma palavra...! Como se fugisses... Sem uma despedida...

— Para quê? — perguntou-lhes. E, antes de pronunciar qualquer resposta, quis saber o que fazia cada um.

— E Ramiro? — disse momentos depois.

Genoveva não tinha ouvido a pergunta. Insistiu: «Durante dois anos ninguém soube de nada...»

Raul distraíra-se a olhar em volta, a ver os criados, as paredes, o pó que se acumulava sobre o relógio luminoso.

— Mudaram a cor das cadeiras...

Genoveva hesitou, mas Jaime foi firme:

— Foram sempre vermelhas.

— Verdes, verdes... — garantiu Raul.

— Estás a fazer confusão — disse Jaime.

Gabriel resolveu o problema. Tinham sido verdes. «Mas já eram vermelhas antes de partires.»

— Talvez... — Respirou fundo, esquecido subitamente das cadeiras. — Enriqueci. Ainda me perguntas porque me fui embora? — Virara-se de novo para Genoveva.

— Não tenho ideia de terem sido verdes — repetiu Jaime, chamando a atenção de Gabriel.

— Ignoravas que virias a enriquecer — objectou Gabriel, sem ouvir Jaime.

— Não é isso — disse Genoveva. — Porque fugiste sem uma palavra?

Raul tirara a boquilha do cachimbo e soprava por ela, tentando desentupi-la.

— Uma superstição, não sei. — Lembrando-se de que estivera sentado àquela mesa com Berenice, mudou de ideias: — Mas é bom regressar, reconhecer todas estas outras coisas, não estar esquecido... — Repetiu: — Uma superstição... Iniciar vida nova! E como iniciar vida nova sem correr com o passado, sem fugir às cartas dos amigos? Uma vida inteiramente nova, sem testemunhas da anterior miséria! Não é nascer de novo? — Lembra-se: Jaime aparecera do outro lado e, vendo-o com Berenice, fingira não o ver. «Lembrar-te-ás desse dia?», pensou, voltado para ele. Mas ele pensava em Isabel, Isabel a quem no dia anterior dissera: «Queres casar comigo?», Isabel que respondera: «Quero».

Gabriel:

— E aqui estás: um homem novo.

— Tão novo que já não receio o passado... E Berenice? — quis saber, depois duma ligeira pausa.

«Porque levaste tanto tempo a fazer essa pergunta?», disse consigo mesma Genoveva.

— Morreu.

Um minuto de silêncio? Meio minuto?

Raul, como se nada tivesse ouvido:

— Não podia mais viver assim. Descobri que não tinha vocação para ser explorado.

— Estiveste em África... Tornaste-te explorador? — Jaime passou a mão pelo rosto. Comprara dois dias antes uma máquina eléctrica e verificava se estaria bem escanhoado.

— Sim — replicou Raul. — Pareceu-me ser mais proveitoso... — Repetiu: — Têm a certeza de que as cadeiras mudaram de cor antes de me ir embora?

— Absoluta — respondeu Gabriel. — Recordo-me perfeitamente. Assisti a tudo. Foi no Verão, vocês estavam fora de Lisboa. Não te lembras?

— Talvez tenha uma ideia — disse Jaime com prudência.

Pela porta do outro lado entrou Teodora. Vinha acompanhada por um homem bastante mais velho. Foi avançando, sentou-se muito perto, mas Jaime, que estava de costas, não deu por ela. Teodora também não. Gabriel sim. «É muito interessante» — pensou. Não sabia quem era. Jaime nunca a apresentara.

— Como morreu Berenice?

— Um desastre.

— Pareceu-me ser mais proveitoso — disse Raul, como se ainda não tivesse respondido à pergunta de Jaime.

— Desculpa... — A voz de Gabriel. — Tinhas certos ideais, as vezes que conversámos sobre isso... Sonhávamos com um mundo mais justo... — Não deixava de olhar para Teodora.

— Ainda tens ideais? — Genoveva saíra do silêncio para reforçar a pergunta do marido.

— Ainda tenho, se é que isso vos descansa o espírito... — Descobriu Teodora. — Mas não procedo de acordo com eles, será preciso dizer-te?

— Não precisas — acrescentou Genoveva num tom que procurava desculpá-lo. — Sacrificaste muito as ideias aos actos?

— Muito.

— Uma garota engraçada, não é? — observou Gabriel, tocando com o cotovelo no braço de Raul.

— Mau... — disse Genoveva.

— Muito — admitiu Raul. Continuando: — Os ideais, como havia eu de acabar com eles? Ah, quem dera que o mundo fosse melhor... Mas compreendam: eu não podia permitir que o idealismo acabasse por me prejudicar... — Acendeu inutilmente um fósforo. — Foi uma descoberta importante, a mais importante de todas... Um homem sem ideais é um ser desprezível. Mas que esses ideais não o tornem mártir, que não cometa a loucura de se sacrificar por eles...

Genoveva:

— Este mundo não vale o sacrifício?

Raul:

— Não vou tão longe, talvez valha. Mas... — Procurou ler um anúncio na parede do outro lado e não conseguiu. «*Beba*»..., o quê? — Não sei, ao menos neste ponto perdi... Dantes era capaz de distinguir o que estava escrito lá ao fundo... — Com o dedo apontava o letreiro que a distância tornara ilegível.

— «*Beba Água de Ançã*» — disse Jaime. Mas não se voltara e Raul sentiu-se tentado a sublinhar com uma graça obscena aquela estranha maneira de ler. A presença de Genoveva, porém, travou-lhe a língua. Disse:

— É boa! — Uma lembrança súbita. — Vocês dantes sentavam-se do outro lado...

— Ainda te recordas?

— Ainda... Porque mudaram?

— Sei lá!

— E o senhor Garcia? Que é feito dele? Já não me lembro dos nomes dos outros, mas estes criados são novos, não são?

— Qual era o senhor Garcia? — perguntou Jaime.

— Ouve, Gabriel. Tomei o lugar de outro e nada mais. Compreende bem: não há imoralidade, não há gesto desumano que eu não tenha feito. Mas todas essas coisas seriam feitas sem mim e precisamente na mesma, porque não fui eu que as inventei. O caso era este: se tinham de ser feitas, se tinham de aproveitar a alguém, porque não havia de ser eu a aproveitá-las? Por ter ideais? O quê? Então ter um ideal, em vez de me favorecer, prejudicava-me?

Gabriel:

— Não falemos disso. Falemos de nós, mas de outra maneira... Recordas-te? Tantas vezes aqui neste café...

— Talvez, talvez — monologava Jaime. — Tenho a vaga ideia de que eram verdes. — Para espicaçar melhor a memória virou-se para trás, mas não deu por Teodora. — Talvez...

— Entre as muitas coisas que fiz negociei em escravos, estive até na Arábia Saudita...

Genoveva não acreditou.

— Estas paredes, que tantas vezes te ouviram — disse —, que tantas vezes nos ouviram...

— Deixa as paredes em paz. Apresenta-me um novo mundo e depois fala comigo. Negociante de escravos, paguei um ordenado miserável aos homens livres. Mas repito: se não fosse eu seriam os outros. Permites que as paredes ouçam? Talvez as desperte, talvez tomem consciência... — Hesitou uns segundos e prosseguiu: — Geralmente dizemos que as paredes têm ouvidos e isso mete-nos medo, ficamos receosos... Desafiemo-las, é preciso que elas saibam...

Deixaram que o silêncio lhes afogasse as vozes.

— Se não fosse eu seriam outros — repetiu. — E talvez que os outros fossem bem mais cruéis... Não tens aí qualquer coisa para ver se consigo desentupir esta porcaria? — Pegara de novo na boquilha do cachimbo.

— Servirá isto? — Genoveva tirou um gancho do cabelo.

— Porque há sempre homens ainda mais cruéis do que nós — prosseguiu Raul, aceitando o gancho que Genoveva lhe oferecia.

— Desertaste.

Raul deu uma gargalhada.

— E tu?

Gabriel retomou a palavra:

— Percebo. Toda a crueldade é legítima... Por muito cruel que eu seja... — Sorria, divertido.

— Nada de ironias, Gabriel. Disseste a verdade, a verdade autêntica. Por muito cruel que eu seja há sempre outros homens ainda mais cruéis.

— E menos, menos cruéis?

— Talvez..., mas não é seguro. Deixa que as paredes ouçam, Gabriel. Faço-lhes a pergunta? — Virou-se de novo para a parede. — Em situação idêntica à minha haveria homens menos cruéis do que eu...? As paredes encolheram-se, ficaram silenciosas!

Jaime, saindo do seu mutismo, o cigarro ao canto da boca:

— Mudaste tanto...

— Claro...

— Não, não é isso. Dantes vestias fatos muito bem cuidados e eras pobre. Já reparaste como está esse casaco? — Um casaco no fio.

— Os alfaiates em África, nem imaginas...

— E São Francisco, também ele não era menos cruel do que tu? — perguntou Genoveva.

Respondeu-lhe:

— São Francisco nunca aceitaria negociar em escravos, e aí é que está o problema. É nessa base que poderemos discutir. Quando se passa a fronteira dos que vivem à custa dos outros... Em suma: é preciso produzir algodão. Conseguiria São Francisco aumentar a produção algodoeira? Nem tentava... Mas o nosso mundo precisa de algodão bem mais do que... — Mudou o tom de conversa, escolheu a ironia. — Espera: sabes muito bem que o algodão é necessário nos hospitais. Ora cada vez há mais feridos, cada vez há mais desastres... O algodão é a própria saúde pública...

A gargalhada de Jaime feriu os ouvidos de Teodora. Assaltada por um pressentimento, procurou-o com os olhos, para a direita e para a esquerda, mas, não o vendo, concluiu que se enganara.

— Dizias o quê? — perguntou ao homem com quem estava.

— Acreditas? — disse Gabriel, sem levar a sério as palavras de Raul.

— Comigo ou sem mim, o mundo seria o que é. Estava na minha mão ser ou não ser um dos privilegiados da Terra. Como hesitar?

Gabriel, ajeitando a cadeira:

— Não sei.

— Por que razão seria eu um dos oprimidos? Porque havia de escolher o pior, se me era possível escolher o melhor? Ganhava o mundo alguma coisa com isso? Não.

Gabriel:

— Se todos fôssemos assim...

— Era o diabo, o negócio ir-se-ia por água abaixo... Temos de ser poucos a pensar assim... Mais do que duzentos em cada país e pronto, tudo perdido!

Teodora saiu de braço dado com o outro, passou em frente dos quatro, deixando um perfume intenso e incómodo.

— Interessante, hem? — disse Raul, mas Jaime permaneceu imóvel. Aquele perfume lembra-lhe qualquer coisa, mas a imagem de Isabel anulara Teodora para sempre.

— Como foi o desastre? — perguntou Raul. — Eu já sabia. Li no jornal... — Sorriu com amargura. — Continuava a gostar dela, é estranho... — Não deixara de sorrir. — Desejei enriquecer e conquistá-la depois. Um dia disse-lhe: se eu desaparecesse, esperarias por mim? Esperava... Bom, eu perguntei-lhe isso antes de partir. Quando me fui embora não lhe dei nada a entender, procedi com ela como procedi com vocês... — Na mesa do lado um copo caiu ao chão, mas não se quebrou. Parecia uma bola de borracha a pular para cima e para baixo.

— Extraordinário!

— Não, não tive coragem... Continuo pobre... — Fixou Genoveva demoradamente e depois Gabriel e depois Jaime. — Não, não tive coragem de saltar para o outro lado. — Sorria com um ar feliz. — As paredes também podem ouvir, não é? E regressei. É aqui que somos precisos... Todos, hem? Todos...

— Raul! — disse Genoveva, segurando-lhe o braço. — Raul!

FIM